KAPPA

柴田哲孝

祥伝社文庫

目次

プロローグ

〝彼〟は潜《ひそ》んでいた。

浅い沼の底で、ただひたすらに獲物を待ち受け、その瞬間のために備えていた。もう何日も、その場所にいた。体の半分を砂泥《さでい》の中に埋め、根の生《は》えたように動かなかった。

時おり鼻先だけを水面に出し、呼吸をする。しかしそれ以外の時には、まるで大きな岩か、枯れた流木のように見えた。

〝彼〟は用心深く、そして繊細《せんさい》だった。体は大きく、頑健《がんけん》で、おそらくはこの沼で最強の生物であったにもかかわらず、自らの力を過信することはなかった。

小さな物音ひとつにも、〝彼〟は神経をとぎ澄ましていた。小魚一匹に対してさえ、警戒を怠《おこた》ることはなかった。それが〝彼〟のやり方であり、何十年も生き長らえてきた知恵でもあった。

〝彼〟がこの沼に住むようになってから、そう長くはなかった。〝彼〟は他の場所で生まれ、育った。しかしいまは、生まれ故郷のことを何も覚えてはいなかった。

〝彼〟にあるものは、現在だけだ。

この沼には、獲物が豊富にいる。

気候も適している。

それだけで十分だった。

〝彼〟はこの沼が気に入っていた。もし不満な点があるとするならば、他に自分以外に同じ種族の生物がまったく棲《す》んでいないことくらいだった。しかし元来が孤独を好み、単独で行動することが多い〝彼〟にとって、それは大きな苦痛とはなりえないことだった。

それよりも、外敵のいないことがありがたかった。獰猛《どうもう》なブラックバスやライギョも、体長が一メートルを超す鯉《こい》やソウギョでさえ、〝彼〟にしてみれば単なる獲物でしかなかった。

沼に棲むすべての生物は、〝彼〟を恐れていた。一度でも〝彼〟を見たものは、二度とその場所に近づこうとすらしなかった。

〝彼〟は沼の食物連鎖《しょくもつれんさ》の頂点に立つ、絶対的な君主であった。

その夜、沼に雨が降った。季節外《はず》れの台風の影響で、雨足《あまあし》は次第に強くなり、一晩で五

○ミリを超す豪雨となった。
沼には大小五本の川が流れ込んでいる。そのすべての水が沼に溜《た》まり、たった二本の川から外に流れ出す。

沼の水位が上がった。

群棲《ぐんせい》する広大な葦《あし》の原も、見る間《ま》に水に飲み込まれた。

〝彼〟の頭の中で、動く時の来たことを本能が告げていた。四肢《しし》に力が漲《みなぎ》る。砂泥の中から〝彼〟の体のすべてが、浮き上がるように持ち上がった。

岩のような体。

凶暴な四肢。

〝彼〟はその四肢で、沼の底を強く蹴《け》り、体を水中に投げ出した。

〝彼〟は泳いだ。その動きは、意外なほど俊敏《しゅんびん》だった。濁《にご》った水の中を、体の大きさからは想像できないような速度で突き進んだ。

〝彼〟は闇の中に姿を消した。

次はどこに現れるのか。どこに安息《あんそく》の地を求めるのか。

それは〝彼〟にさえもわからないことだった。

牛久沼《うしくぬま》の怪物

1

ホイッスルが鳴った。

午前六時、まだ朝靄《あさもや》も引かない東谷田川《ひがしやたがわ》に、九艘《そう》の手漕《てこ》ぎボートが漕ぎ出していった。東谷田川は、茨城《いばらき》県の牛久沼に流れ込む最大の河川《かせん》である。その河口付近に広がる葦《あし》の際《きわ》は、県内でも有数のブラックバスのポイントとして知られている。

木元良介《きもとりようすけ》を含む九人は、この日プライベートのバストーナメントを開いていた。月に一度、毎月第三日曜日に行われるOBC（オリオン・バッシング・クラブ）主催のトーナメントだ。平成二年六月一七日のこの日は、毎年四月から一〇月まで年七戦行われるトーナメントの第三戦にあたる。

クラブ名のオリオンは、木元の経営するバーの店名から取った。トーナメントと言えば聞こえはいいが、ようするに店に集まる釣《つ》り好きが、月に一度バスフィッシングを楽しむといった程度のものにすぎない。木元以外のメンバーはすべて店の客である。

クラブのメンバーは一五人、その中から毎回、一〇人前後の参加者がある。遊びとはいえレギュレーションはしっかりしたものを作っているので、そこそこは勝負の味を楽しむことができる。

ルールは簡単だ。釣り上げたブラックバスから大きなものを三匹選び、その体長の合計で勝負を決する。ただし二五センチ以下のものはポイントにはならない。つまりトーナメントに勝つためには、最低でも二五センチ以上のキープサイズを三匹は釣る必要がある。九人の中では、木元が最もキャリアが長い。道具もいいものを揃《そろ》えているし、腕にも自信がある。しかし過去二回のポイントでは、第五位とあまりいい成績は残していない。

だが、それも特別不思議なことではない。だいたい土曜日は店がいそがしいので、木元は二時、三時まで酒を飲んでいる。客が引けてから店をかたづけ、休む間もなく迎えの車がやってくる。店のある東京の中野《なかの》から現地までの一～二時間の車中が、木元の寝られる唯一の時間なのだ。

それにトーナメントの勝者には、賞品として店からボトルを出すことになっている。元来が、店の客を増やすことを目的として始めた企画だった。そのトーナメントに木元が勝っても、意味はない。

九艘の貸しボートはそれぞれのポイントを目指し、沼に下っていった。皆が急いでいる。自分の好みのポイントを独占するために、少しでも早く一投目をキャストするためにと、気が逸《はや》るのだろう。

その姿は、滑稽《こっけい》ですらあった。これだけ広大な沼である。ポイントはいくらでもあるし、ブラックバスだって無数にいる。一分一秒を争うのは、木元にはまったく意味のないことのように思えた。

木元はいつものように、最後尾からゆっくりと漕いでいった。彼にとって月一度のバストーナメントは単なる遊びである。それ以上でも、それ以下でもない。自分の好きなやり方で、自分のペースを守って釣る。一匹でもバスの顔が拝めれば、それで満足だった。

木元はブラックバスという魚に惚《ほ》れ込んでいた。少年時代から四二歳になる現在に至るまで、あらゆる釣りを経験してきた。近所の小川での小ブナ釣りに始まり、磯《いそ》釣り、渓《けい》流《りゅう》釣り、グアム島でのトローリングとひと通りは試してみたのだが、そのどれもがバスフィッシングと比較すると色あせて見える。

ブラックバスは、スズキ目《もく》のサンフィッシュ科に属する温水性の淡水魚である。北米が原産だが、日本には一九二五年に実業家の赤星鉄馬《あかぼしてつま》によって運び込まれ、当時東大《とうだい》農学部の教授だった雨宮育作《あめみやいくさく》の手により箱根《はこね》の芦ノ湖《あしのこ》に移殖された。それが日本の気候に適応し、釣り人によって各地に放流され、現在ではほとんど全国の湖沼《こしょう》に棲息《せいそく》するようになっている。

正確にはノーザン・ラージマウス・バスと呼ばれる。繁殖力が強く、食欲が旺盛《おうせい》なフィッシュ・イーター（魚食魚《ぎょしょくぎょ》）として知られ、その大きな口で底の抜けたバケツのように小魚を丸飲みにする。

性格も攻撃的だ。腹が減るとまったく見境《みさかい》がなくなり、時には自分より大きな魚にさえ攻撃を加えることもある。その性格ゆえに最近ではワカサギやテナガエビなど、日本古来の淡水生物を食い荒らすことが各地で問題化している。最初は食用を目的として移殖されたブラックバスだが、現在では逆に害魚《がいぎょ》として有名になってしまっている。

木元にとって、ブラックバスが害魚であろうとなかろうと、そんなことはどうでもよかった。ブラックバスはフィッシュ・イーターである。オモチャのようなルアーに、果敢にアタックしてくる。

そしてフックに掛かった後の、ダイナマイトのようなファイト。猛烈なパワー。ゲームとしては、申し分のない存在である。

しかもアメリカの魚である。木元は若いころから、良くも悪くもアメリカに強い憧《あこが》れを持っていた。現在でも、ファッションなどにその傾向が強く残っている。

日本でアメリカの魚が釣れる。しかもアメリカと同じ方法で楽しめる。そこがまた、木元にとっては魅力だった。

この日は梅雨の時季にしては、天候に恵まれた。空は厚い雲に覆《おお》われているが、トーナメントの終了する正午まではなんとか天気ももちそうな気配である。

だが前日までの大雨で、沼の水位はかなり増している。濁《にご》りが強く、水温も低下しているようだ。

このような時は、バスの活性《かっせい》もあまり高くない。今日はまったく釣れない者もいるかもしれないと、木元は思う。

木元のボートには、三本のロッドが積まれている。ベイトロッドが二本と、スピニングロッドが一本だ。それぞれのラインの先には、白、黄、紫のソフトルアーが結ばれている。

元来木元は、ダム湖のようなオープンウォーターでのプラッキングを好んだ。だがこのような条件で、しかも牛久沼のような水棲植物の繁茂《はんも》するリリーパッドでプラグを使っていたのではまったく釣りにならない。

最初はソフトルアーを使って、とにかく一匹でも釣り上げる。後はプラグは無理としても、せめてスピナーベイトでも使って、のんびりと好きな釣りをやる。もし釣れなければ昼寝でもしていればいい。

風はない。水面は、鏡のようになめらかだった。

そして静かだ。ウシガエルの吠えるような鳴き声がなければ、音は無に等しい。

時折、魚がライズする水音が聞こえる。たぶん、ブラックバスだろう。いくら水温が下がっていても、今の時間、奴らはやはり腹を減らしているようだ。

いつの間にか、周囲に仲間のボートはほとんど見えなくなっていた。はるか遠くの方で、もうキャストを始めている者もいる。木元の近くを漕いでいるのは、たった一艘だけになった。

確か、野村《のむら》とかいう初老の男である。以前はヘラブナをやっていたが、最近ブラックバスに凝《こ》っているとかで、ぜひ参加したいといってきた客だ。

店にはまだ二〜三回しか顔を出したことがない。トーナメントに参加するのも今回が初めてのはずだった。

野村のボートには、二本のスピニングロッドが積んである。ルアーはどちらもプラグで、見たところラパラのミノーと安物のクランクベイトらしい。いずれにしろ牛久沼では、今日のような条件ではまったく通用しないルアーである。バスが釣れるより先に、根《ね》掛《が》かりでなくすのが落ちだろう。

それだけを見て、木元は野村の腕が初心者に近いことを見抜いた。もちろん木元自身も、不利を承知で牛久沼でプラグを使うことはある。だがそれは腕とキャリアに裏付けされた大人の遊びなのであって、野村の場合とは根本的に意味が異なる。

その野村が、声をかけてきた。

「木元さん、どの辺りでやるんですか。私はこの沼は初めてなもんで、どうもポイントがわからなくて……」

この沼が初めてでもないもんだ。おそらくバスフィッシングそのものだって、初めてに近いはずだ。その証拠に道具もすべて真新しい。

だが一応は店の客である以上、むげにするわけにもいかない。

「わかりました。それでは、いつも私がやるポイントに御案内しますから、そこでどうですか」

「すみません、助かります」

結局木元が、野村を案内することになった。一人でのんびりと釣りを楽しみたい木元にとっては厄介なお荷物だが、それも仕方がない。ポイントにさえ案内すれば、あとは釣れようが釣れまいが本人次第である。

木元は東谷田川を下り、泊崎《はつさき》を回って西谷田川を遡《さかのぼ》っていった。しばらく進むと橋があり、その先から川幅が急に広くなっている。野村は木元に離されまいとして、必死に追いかけてくる。どうやらボートを漕ぐのもそう上手くはないようだ。

橋の手前で、木元はボートを止めた。

「この辺りは全部ポイントです。ここから上流に遡ってもいいし、下流に下《くだ》ってもいい。いずれにしろ葦際を丹念《たんねん》に探っていけば、バスはいますから」

「そうですか、わかりました。それじゃ私は、下流をやらしてもらいます」

ここが、特にバスの好ポイントというわけではない。ただ人があまり来ないので、それだけの理由で木元は気に入っていた。いずれにしろ、この沼の周辺ならバスはどこにでもいる。ポイントというのもまんざら嘘《うそ》でもないわけである。

野村は上機嫌だった。ベテランから秘密のポイントを教わったことで、絶対に釣れると確信しているのだろう。この手の釣り人に限って、自分のポイントは他人に教えたがらないものだ。

だがトーナメントが終わっても、野村は一匹も釣れていないだろう。いくらバスが簡単に釣れる魚とはいっても、ルアーフィッシングはそうあまいものではない。

野村はさっそくキャスティングを開始した。不馴《ふな》れな手つきでロッドを振ると、ルアーはとんでもない方向に飛んでいった。葦の真ん中に飛び込み、いきなり根掛かりしたようだ。それを無理矢理引き抜くと、今度は野村を目がけてルアーが飛んできた。そのあわてた仕草に木元は苦笑した。

やれやれ……。

まあ、そんなもんだろう。これでは一匹バスを釣る前に、ルアーを全部なくしてしまいそうだ。

木元も少し離れた場所に移動し、釣り始めることにした。まずは橋の近くまでボートを寄せ、その支柱の周りから攻めてみる。

約五メートルの距離から、セメントの支柱ギリギリにソフトルアーを投げ込む。少し沈ませてから、ロッドを軽くあおってアクションを付ける。

ブラックバスは、生きているものにしか興味を示さない。つまりプラスチックでできているルアーを、いかに生きているように見せるかが大切なのだ。

少しリールを巻き、またアクションを付ける。それを何回か繰り返して反応がなければ、一気に巻き取る。そしてまた投げる。

柱の右、左、手前。狙ったポイントに、確実にルアーを投げ込む。一本の支柱が終わると、次の支柱に移り、同じことを繰り返していく。その手際のよさは、やはり初心者の野村とはひと味違っている。

ヘラブナ釣りなどとは異なり、バスフィッシングは待つ釣りではない。あくまでも攻める釣りである。浮きを使うわけでもないので、魚が寄っているのかどうかすら知ることはできない。

くる時は、突然くる。何の前触れもなく、水の中から湧き上がってくる。

心の準備をしている隙《すき》もない。その瞬間、心臓が口から飛び出しそうになる。いくら場数を踏み、馴《な》れているとはいっても、その瞬間だけはやはり木元にも新鮮だった。

ひと通り支柱を攻めてみたが、アタリはまったくなかった。木元は少し上流にボートを移動し、川の左側の葦際を試してみることにした。一年前の五月、この辺りで四九センチのランカークラスの大物を釣り上げたことがある。

岸に沿ってボートを進めていくと、ウシガエルが次々に水に飛び込む音が聞こえた。彼らは敏感だ。そして用心深い。もしブラックバスがウシガエルのような性格をしていたとしたら、バスフィッシングはもっと難しい釣りになっていたはずだ。

しばらく上流に向かったところで、葦の切れ目を見付けた。水位が下がれば、その下には小さな水路が現れるのだろう。バスの寄りやすい場所である。

その前で、木元はコンクリートのアンカーを降ろした。黄色いザリガニ型のソフトルアーを付けたタックルを手に持ち、ボートの上に立つ。

一投目。ラインは美しい放物線を空中に残し、水路の中央にルアーを運んだ。

きた。

着水と同時に、水面が炸裂した。

バケツのような口がルアーを銜《くわ》える瞬間が、はっきりと見えた。

大きく合わせる。フックは確実に、バスの顎《あご》をとらえた。

バスが水中を突っ走る。葦の中に逃げこもうとする。木元はそれを、巧みなロッド捌《さば》きでいなしていく。

ボートまで一気に引き寄せ、そのまま抜き上げた。あまり大きくはないが、キープサイズの二五センチはるかに超えている。メジャーをあてると、三四センチあった。牛久沼のレギュラーサイズである。

フックを外し、用意しておいたクーラーバッグに入れる。バケツで水を汲《く》み入れ、電動ポンプのスイッチをONにする。

バスは、必ず生きたまま持ち帰る。死んだバスは、ポイントにはならない。計量の後は、また元の沼に放す。

キャッチ・アンド・リリース。害魚を釣って逃がすという矛盾した行為だが、日本でもそれがバスアングラーの最低限のマナーであるとされている。

一匹釣り上げたことで、木元の緊張の糸がプッツリと切れた。次はソフトルアーをスピナーベイトに替えて自分の釣りを楽しもうと思ったが、それもどうでもよくなった。急にどんよりとした眠気が、霧のように頭の中に広がってきた。

クーラーバッグとタックルボックスをボートの片側に寄せ、その脇にゴロリと横になった。空は雲が厚い。暑くもなく寒くもなく、昼寝にはちょうどいい気温だった。

一〇〇メートルほど下流で、野村が下手なキャストを繰り返しているのが見える。木元はそれを、ぼんやりと眺めていた。そのうち次第に風景は夢の中にまざり合い、深い眠りへと落ちていった。

どのくらい眠っただろうか。木元は顔の上にポツポツと落ちる小雨で目を覚ました。

時計を見ると、午前八時を過ぎていた。どうやら小一時間は眠ったらしい。

体を起こし、辺りを見渡した。野村のボートは、木元の二〇メートルほど上流にある。あいかわらず見るに忍びないほど下手なキャストを繰り返している。

そのうち野村のルアーが、葦際のいいポイントに落ちた。初めて見るナイスキャストだ。少し巻いたところで、野村はロッドを合わせた。

お、釣れたのかな……。

木元は一瞬、そう思った。だがどうも違ったらしい。野村は何回もロッドをあおっているが、ルアーは水の中でピクリとも動かない。

あのあたりは水深が浅い。根掛かりか……。

野村はリールを巻きながらボートを寄せていった。葦際まで行くとタックルを置き、ラインを手繰《たぐ》って水中に手を伸ばした。水中を探り、根掛かりしたルアーを外そうとしているのだろう。

突然、野村が絶叫した。

「うわぁー」

野村が引きずり込まれるように、ボートから落ちた。

浅い沼に立ち上がり、必死に右手を引き抜こうとしている。

その右手の先に、とてつもなく大きな、何かがいた。

「うわぁ、助けてくれぇ」

また悲鳴が上がった。

木元はあわててオールを手にした。

「待ってろー。いま行くぞぉー」

渾身《こんしん》の力を込めて、ボートを漕いだ。何が起きたのか、木元にはまったく理解できない。野村までの二〇メートルの距離が、とてつもなく長く感じられた。

野村は水の中にしゃがみ込んでいた。恐怖に引きつった顔で木元に助けを求めている。左手を木元に向けて伸ばした。木元はそれを摑《つか》み、自分のボートに引き上げようとした。野村の左手が、異様な握力で、木元の差し出した手を握り締めた。

その時、木元は見た。

野村の右手の先にあるモノを、はっきりと目にした。

白く、四角い顔。

尖《とが》った鼻先。

耳まで裂けた大きな口と小さな目。

岩のように、ゴツゴツとした背中。

そして頭の上にある、黒くて丸い皿……。

大きな生き物だった。頭部だけを見ても、人間のそれよりもはるかに大きい。その口には野村の右腕の肘《ひじ》から先が、しっかりと銜《くわ》え込まれていた。

怪物だった。そのような生物がこの沼にいることを、木元は見たことも聞いたこともなかった。

足が竦《すく》んだ。

体に悪寒《おかん》が走った。

ガタガタと、震えが止まらなかった。

「助け、て……」

怪物が、強く引いた。同時に野村の体が、水中に崩れるように倒れた。

木元を握る左手から、少しずつ力が抜け、離れていった。

怪物は野村を銜えたまま、ゆっくりと沼に沈んだ。やがて野村の体も、同じように水の中に没した。

野村の目は、最後まで、その頭が水面から消えるまで見開かれていた。水面には、気泡と、血と、空《くう》を摑むように動く野村の左手だけが残っていた。

やがてそれも消えた。

木元は為《な》す術《すべ》もなく、茫然《ぼうぜん》とそれを見ていた。何が起こったのか、すべてが終わった今となってもまったく理解できなかった。

「河童《かっぱ》……」

ただその一言だけを、木元は物《もの》の怪《け》につかれたように何回も呟《つぶや》いていた。

2

つくば中央署に奇妙な通報が入ったのは、六月一七日の午前九時を少し回ったころであった。

電話の主は稲倉正利《いなくらまさとし》、六四歳。稲敷《いなしき》郡茎崎《くきざき》町の大舟戸《おおふなと》に水田を持つ地元の農夫である。

話の内容を要約すると、次のようになる。

今朝八時四〇分ごろ、彼は水田の近くに軽トラックを止め農作業をしていた。水田は牛久沼に流れ込む西谷田川沿いにある。そこに釣り人が一人ボートでやってきて彼に助けを求めた。

男は木元良介と名乗った。知人が一人、近くで釣りをしていて河童に喰われてしまったので、警察に通報してほしいといった。

話があまりにも突飛《とっぴ》なので、最初は相手にしなかった。からかわれているのかとも思った。だがしばらく話を聞いているうちに、まんざら嘘でもないような気がしてきた。

何よりも、木元自身が真剣だった。頭がいかれているようにも見えない。

稲倉は木元を自宅に連れ帰り、そこから警察に一一〇番通報を入れた。

連絡を受けてパトカーが急行した。取り調べには刑事課の阿久沢健三《あくざわけんぞう》があたることになった。柔道で鍛《きた》えた堂々とした体軀《たいく》を持つ、いかにも刑事然《ぜん》とした男である。現在三六歳の働き盛りだが、平和なこの町の刑事課に配属されて多少暇を持て余している。

阿久沢もまた、地元の人間である。子供のころから牛久沼で遊んで育った。沼には、古くから河童の言い伝えがある。河童に引き込まれるから、沼で遊ぶなとよく親に言われたものだ。実際に、河童に引き込まれたとされて水死した人間も何人かは知っている。

だが、河童に人が喰われたという話はまだ一度も聞いたことがない。河童は元来、まあ実在すればの話だが、キュウリや餅《もち》を食べるものだという概念がある。人間を喰うとすれば、尻子玉《しりこだま》だけだ。水死者のほとんどが肛門が開いていることから言われるようになった、これも伝説である。

そんなことをパトカーに同乗した警官と話しながら、阿久沢は笑っていた。毎年暑くなり始めるとおかしな夢を見る奴が必ず何人かはいるものだ。

だが木元良介の取り調べは、実に興味深いものだった。少なくとも暇を持て余していた阿久沢にとっては、面白い話として聞くことができた。

木元は自分の名前、住所、東京の中野区でバーを経営していることなどの他に、野村が怪物に襲われた当時の模様をこと細かく語った。怪物の容姿についても、かなり正確に記憶していた。あまり上手《うま》いとはいえないが、絵にも描いて見せた。四角い顔に尖《とが》った鼻先、大きな口、三角の突起がいくつもある背中、そして頭の上の黒くて丸い皿。子供でも描くような、ごくありきたりな河童の絵である。

そして最後に木元は、怪物は間違いなく「河童だった……」と言い切った。

「その怪物、つまり河童ですが、どのくらいの大きさでしたか」

阿久沢が聞いた。木元は慎重に、しかも冷静にそれに答えた。

「そうですね……。刑事さんと同じくらいか、それとももう少し大きかったかもしれない……」

阿久沢は身長一七八センチ。体重八二キロと大柄だ。

一応調書は取り終えた。木元は野村のフルネームや住所を知らなかった。だが、それについて調べるのは簡単だった。ボートを借りた吉田《よしだ》ボート店で、簡単な乗船名簿を書き残していたからだ。

野村国夫《くにお》、五八歳。大手の証券会社の営業部長である。住所は木元と同じ、東京の中野区になっていた。自宅に電話を入れると在宅していた妻により、今朝早く茨城県の牛久沼に釣りに行くと言って出かけたことが確認された。

野村の乗っていたボートもすぐに発見された。中にはタックルボックスやロッドが、そのまま残されていた。

だが、死体はない。死体が存在しない以上、殺人事件、もしくは死亡事故として処理するわけにはいかない。あくまでも失踪者《しっそうしゃ》としての扱いになる。一応野村の妻から、捜索願いを提出してもらうことになった。

阿久沢は、殺人事件としての可能性を考えてみた。木元と野村が、何かの理由で口論になり、野村を殺してしまう。いや、もしかしたら最初から殺すつもりで人気《ひとけ》のない場所に誘い込んだのかもしれない。

そして死体を隠した。隠す場所なら、この辺りにはいくらでもある。隠した後で、目撃者を装い、警察に通報した――。

よくあるパターンである。死体の発見者が犯人である確率は、きわめて高いと聞いている。自信のある犯人、犯罪を楽しむタイプの犯人ほどそのような行動をとりやすい。

木元がその手の人間なのかどうか、殺人事件にかかわった経験のない阿久沢にはよくわからなかった。だが木元は都会的だ。派手なフィッシングウエアはすべてブランド品なのだろう。二枚目のやさ男で、話術もうまく、年齢の割には若く見える。田舎者《いなかもの》を自認する阿久沢は、木元のようなタイプの男はあまり好きではない。もし犯罪を楽しむような人間がいるとすれば、木元のような男ではないかとも思える。

だが、作り話の供述《きょうじゅつ》をするにしては、あまりにも馬鹿げた話でもあった。もし木元が犯人だとすれば、もう少しありそうな話を考えるだろう。木元の話にはまったくリアリティがないだけに、逆に信用したくなる。

それも木元の思うツボか……。

阿久沢は、多少頭が混乱していた。

いずれにしろ何かが起きたことは事実なのである。実際に、東京のエリート会社員が一人、この沼で姿を消しているのだ。

だが阿久沢は、まさか河童の話をまともに信じる気にはなれなかった。

阿久沢はパトカーで木元を吉田ボート店の駐車場まで送っていくことにした。木元にはボートに乗って帰るようにいったのだが、それだけは絶対にいやだと断られた。顔には明らかに、恐怖の色が浮かんでいる。木元と野村の二艘のボートは、吉田ボート店の者が取りにくることになった。

正午前に吉田ボート店に着いた。ボート置き場には、日曜ということもあってほとんどボートは残っていない。しばらく待っていると、木元の釣り仲間の残り七人が次々と帰ってきた。それぞれがブラックバスの入ったクーラーバッグを手に提げ、楽しそうに上陸してくる。

その七人に、阿久沢は野村を見た者がいないかどうかを尋ねてみた。だが予想したとおり、誰一人として野村の消息を知る者はいなかった。そればかりか、野村の名も、その存在すら知らない者も何人かいた。

仲間が一人行方不明になったことよりも、それぞれが自分の釣り上げたブラックバスと、その自慢話に夢中になっている。話の輪に、木元が加わる。河童の話になると、皆一様に驚きの声を上げるが、時には笑い声さえまざる。木元自身も、数時間前に人が死ぬのを見たとは思えないほど明るく振るまっている。

阿久沢はそれを黙って見ていた。不自然だが、何事もなかったように平和な光景だった。沼には、まだ小雨が降り続いていた。

そこにパトカーから警官が一人、走り寄ってきた。

「阿久沢さん、至急《しきゅう》署に戻って下さい。今無線が入って、野村の死体らしきものが発見されたそうです」

「なんだって、しかしそのらしきものっていうのは、どういう意味だ」

「それが、よくわからないんですが、死体の一部らしいんです」

「死体の一部……。わかった。とにかく急ごう」

阿久沢は、柄《がら》にもなく背筋が寒くなるのを感じていた。

3

東京都練馬区大泉学園町《ねりまおおいずみがくえん》――。

閑静《かんせい》な住宅地の一角に、広大な駐車場がある。ざっと数えても五〇台の車が並んでいる。ここ数年の景気の良さを物語るように、高級車が多い。

その片隅に、薄汚れたキャンピング・トレーラーが置いてある。隣に赤いランドクルーザーのBJ41。もう長いことワックスひとつかけていないようで、塗装は色褪《いろあ》せ、艶消《つやけ》しのようにくすんでいる。

どちらもひどくくたびれていた。置いてあるというよりも、ただ放置してあるようにさえ見えた。

トレーラーのドアが開き、中から男が顔を出した。無精髭《ぶしょうひげ》を生《は》やした背の高い男である。男はドアの脇に掛けてあるポストから新聞を引き抜くと、またトレーラーの中に姿を消した。

トレーラーの中には、生活に必要なものがほとんど揃っていた。冷蔵庫、ベッド、シャワー、そして男が仕事をするためのデスクもある。どれもポンコツだが、一応はその機能を果たしているようだ。

その他にも大量の水や、衣類、わけのわからないようなガラクタが散乱し、ただでさえ狭い室内は足の踏み場もない。

男は冷蔵庫を開け、中からトマトジュースを一本と缶に半分残っているドッグフードを取り出した。ドッグフードをステンレスのボールに開け、狭い床に置いた。

「ジャック。朝メシだぞ」

名を呼ばれると大柄な雄《おす》犬が一匹、ベッドの上から降りてきた。

犬と入れ替わりに、男はウイスキーを吸い込んだ海綿《かいめん》のような体をベッドに横たえた。

ひどい二日酔いだ。昨夜は午前二時までかかって、バーボンを一本空けている。

その体に、トマトジュースを流し込む。そして、新聞を広げる。

男は有賀雄二郎《ありがゆうじろう》、三三歳。職業はルポライターである。以前はかなりの売れっ子で一流誌にも書いていたが、最近は仕事が少なくなっている。いいものは書くが、ページが落ちる（約束していた原稿が入らない）。それが最近の有賀に対する業界内での評価である。

それでは仕事がこなくなるのも当然だった。だが有賀自身は、自分の書くものがあまりにも程度が高すぎて、一般読者には理解されないのだと勝手な解釈をしている。

確かにいいものは書く。以前、オーストラリアのアボリジニー（先住民族）を題材としたルポで、S出版社の主催するノンフィクション大賞を受賞したことがあった。その他にも、社会的に注目を集めたルポを何回かは発表している。

学生時代に一度、結婚した。だがその妻とは、三年前に離婚している。景気の良かったころに買ったマンションも、現金も、すべて妻に譲り渡して飛び出してきた。

原因は有賀自身にあった。一年のうち、約半分は取材旅行などで家を空ける生活だった。しかも外国のアウトバック（僻地《へきち》）を歩き回り、何週間も行方不明になることはざらである。相手がどんなにできた女でも、それでは結婚生活はうまくいくはずがない。

有賀はいつも身軽になりたいと思っていた。失った生活も、財産も、当時の自分の力さえあればいつでも取り戻せる自信があった。妻に離婚を切り出された時も、迷いはまったく感じなかった。

だがいざ離婚をしてみると、男にはいろいろと苦労が多い。まず炊事、洗濯など、生活に必要な簡単なことに問題が生じる。そして家、といってもこのキャンピング・トレーラー一台だが、その中がメチャクチャになる。

しばらくすると、別れた妻がとてつもなく〝いい女〟に思えてくる。それに、期待したほど他の女にもてない。有賀には九歳になる息子が一人いるが、その子になかなか会えないことも淋《さび》しい。

離婚してから急に酒の量が増えた。何事にも心の張りがなくなり、仕事も乗らなくなってきた。気がつくと有賀の名声は過去のものとなり、さえない中年男に成り下がっていた。

有賀はトマトジュースを飲みながら、ボンヤリと新聞を読んでいた。あいかわらず面白くもない記事ばかりだ。

政治家の汚職問題。幼女連続誘拐事件。気象庁は、関東地方の本格的な梅雨入りを発表……。

見出しに目を通すだけで、中身は読む気にすらなれない。

だが、三面記事の中にちょっと気を引く見出しが目についた。理性を重んずる日本の新聞にしては、あまりにも現実離れした活字が並んでいる。

目が、釘付《くぎづ》けになった。

『釣り人カッパに食われる?

一七日午前九時頃、茨城県つくば中央署に男の人の声で「知人が河童に食べられた」と通報があった。通報したのは東京都中野区の、木元良介さん（四二）で、食べられたとされるのは東京都中野区本町《ほんちょう》、野村国夫さん（五八）と判明。野村さんらはこの日、仲間八人と牛久沼でブラックバス釣りを楽しんでいた。つくば中央署の捜索により正午過ぎ、野村さんのものと思われる下半身の遺体を発見したが、頭部を含む上半身はまだ発見されていない。つくば中央署では捜査本部を開設、殺人事件として捜査を進める方針。なお牛久沼は、関東でも有数の、河童伝説の多い場所として知られている』

有賀の頭の中で、何かが閃《ひらめ》いた。久し振りに、心が熱くなるのを感じながら、短い記事を何回となく読み返した。

だが、もどかしい。この記事からは、正確な全体像が見えてこない。実際に河童が人を喰ったとも受け取れるし、何者かが河童の仕業《しわざ》に見せかけて殺人を犯したとも受け取れる。もしそうだとすれば、目撃者の木元とかいう男が犯人という可能性もあるわけだ。

わからない……。

だが、絶対に何かがある。

それはルポライターとしての有賀の本能のようなものだった。

有賀は、伝説という言葉に異常なほど興味を持っていた。賞を取ったアボリジニーに関するルポも、彼らの持つ伝説と現代の生活を対比させることから生まれたものだった。

伝説を題材としたルポは有賀の最も得意とするところである。以前に一度、日本全国の河童伝説を一冊の本にしようとしたことがあったが、あまりにも膨大な資料に圧倒されて途中で投げ出してしまったことがあった。その時に、利根《とね》川水系に関する河童伝説もかなり調べている。もちろん牛久沼にも何回か足を運んだ。

有賀はしばらく考え込んだ。ベッドの下では、餌《えさ》を食べ終えたジャックが心配そうに主人の顔を見上げている。

有賀は突然飛び起きた。残っているトマトジュースを一気に喉《のど》に流し込み、缶を握り潰《つぶ》してゴミ箱の中に投げ込んだ。

雑誌や、衣類が山積みになっている場所に突進する。その中をゴソゴソと引っ掻《か》き回し、携帯電話を引きずり出す。

時計を見た。六月一九日、午前一一時五分。どんな出版社でももう誰か出てきているだろう。

プッシュボタンを押した。

——週刊ワールド編集部です——。

「よお。ユミチャン、オ・ハ・ヨ。有賀でーす。編集長いる?」

——あら、有賀さん。久し振りね。編集長きてるけど……。ちょっと待ってね——。

すぐに電話が切り替わった。

——ハイ、田所《たどころ》です——。

「どーも、お久し振りです。有賀ですが」

――有賀さん？　さあ、知りませんね。何かお間違えじゃないですか。今忙しいもんで、またにして下さい――。

一方的に電話を切られてしまった。取りつく島もない。

くそ。知らないわけねぇじゃないか。たった一回ページ落としたくらいで、冷たい野郎だ。

次に電話をかける。

――はい、月刊プレイメイト編集部――。

「どうも、有賀ですが」

――何？　有賀？　てめぇどこへ雲隠れしてやがったんだよ。去年貸した二〇万いつ――。

今度は有賀から電話を切った。

まったくついてない。よりによって、一〇人もいる編集部員の中で金を借りている奴が電話口に出るとは思わなかった。

有賀はいろいろなところから借金をしている。借金取りからの電話がうるさいので、以前使っていた電話を売り、新しく携帯電話を買ったばかりだ。

こうなれば最後のチャンスだ。もう一カ所だけ、電話をしてみることにした。有賀に仕事をくれる出版社はいくつかはあるが、河童の記事となると興味を示す雑誌は限られている。

『月刊アウトフィールド』。最近多くなったアウトドア雑誌のひとつである。ここにも多少電話をしにくい理由があるのだが、こうなればそんなことも言っていられない。

――はい、アウトフィールドです――。

電話口に出たのは、有賀と最も仲の良い矢野《やの》という若手の編集者だった。

「どうも、有賀でーす」

――有賀さん？ どうしたのよ、電話もくれないで。この間取材費持ってった記事、いつくれるの？――。

「あ、あれね。ツチノコの件でしょ。なかなか見つからなくてねぇ。いま、探してるところ。それでまたいい企画があるんだけど、乗らない？」

有賀は二カ月前、長野県にツチノコが出ると聞いてその企画をアウトフィールドに持ち込んだ。その時は一〇万円の取材費を受け取り、長野までは行ったのだが、馬刺《ばさし》と地酒ですべて使い果たしてしまった。結局記事にはならずじまいで、それ以来編集部には連絡を入れていない。

──そんなことはどうでもいいからさ、ツチノコの記事早く仕上げてよ──。

「まあそう言わずに、矢野さん、今朝の新聞見なかったかなあ。あの牛久沼に河童がどうのこうのっていうやつ。あれ、絶対何かあると思うんだよね。長年のおれの勘《かん》でさ。牛久沼って、昔から河童の伝説の多い場所でしょ。実際に河童を捕まえるのは無理としてもさ、伝説と今度の事件を絡ませれば、面白い記事になると思うんだけどなぁ」

──そんなことよりツチノコを──。

「そんなこと言ってる場合じゃないでしょ。ツチノコなんてもう古いの。時代は河童よ、カッパ。今年は河童がトレンドなの。本当はこの記事月刊プレイメイトがやりたがってるんだけどさ、矢野さんには世話になってるからそっちに回してるんだから」

──じゃあプレイメイトで勝手にやればいいでしょ──。

「あ、怒った？　ごめんなさい。お願いだから勘弁して。この間のツチノコの件、本当に悪いと思ってるんだ。一所懸命《いっしょけんめい》探したんだけどさ、いなかったのよ。今度の河童の記事で埋め合わせをするから。プレイメイトの件も本当は、うそ、他に頼るところがないんだ、矢野さんしか。だからなんとかしてよ。お願い……」

──まったくしょうがないな。それで今度は幾《いく》らいるの、取材費──。

「二〇万。それだけでいい。安いもんでしょ。悪いけどさ、今日じゅうにおれの口座に振り込んどいてね。それじゃ、お願いしまーす」

電話を切って、有賀はペロリと舌を出した。ジャックが有賀の顔を見て、ワンと吠えた。

「よし、ジャック。久し振りに旨《うま》いものを食わしてやるからな」

有賀は、上機嫌だった。有賀には酒の他にもうひとつ大好きなものがある。バスフィッシングだ。これからは何週間か、人の金で美味いものを食い、酒を飲みながらロッドを振って暮らせるのである。

ランドクルーザーの屋根の上に、コールマンのカナディアンカヌーを積んだ。あとはヒッチボールで、キャンピング・トレーラーと連結すれば準備は終わりだ。

ジャックが助手席に飛び乗ってきた。

ポンコツのランドクルーザーは、有賀の生活のすべてを引きずりながら、よたよたと走り出した。

川漁師

1

頭上をヘリコプターが通り過ぎた。

拡声器からは前日に起きた事件の概要と、目撃者や情報提供者に対し警察への協力を呼びかける声が流れている。

梅雨だというのに、朝からよく晴れていた。気温もかなり上がっている。午後から吹き始めた熱い風は、すでに夏の訪れを感じさせていた。

つくば中央署刑事課の阿久沢健三は、西谷田川に架かる細見《ほそみ》橋の上に立ち、夏風に吹かれていた。橋から約二キロ下流で、西谷田川は牛久沼に流れ込む。川の水位は前日よりも多少下がってはいるが、それでもまだ両岸に広がる葦《あし》の群生は完全に水面《みなも》に顔を出していない。

西谷田川は、細見橋の上流から急に川幅が広くなり、その風景は川というよりも沼そのものに姿を変える。橋の上からの眺めは、普段は平和そのものだ。天気の良い日には地元の少年や老人たちの釣り姿があるだけの、のどかな水辺が広がっている。

だが、この日だけは沼はあわただしい雰囲気に包まれていた。土手の上の狭い農道には何台ものパトカーが止められ、その周りを青い制服の男たちが走り回っている。水面では、アルミやFRPのモーターボートが波を掻《か》き立てて行き来している。

ボートから長い棒で沼の底を探る男。

無理を知りつつも潜るダイバー。

それを見守る何人もの野次馬《やじうま》たち。

沼にいるすべての人間が、〝何か〟に期待している。

阿久沢は、その光景をボンヤリと眺めていた。昨夜はほとんど眠っていない。ろくな食事も口にしていない。精神的にも肉体的にも、疲れが溜まっていた。

前日の午前九時に、奇妙な通報があった。釣り人が、沼で河童《かっぱ》に喰《く》われた、というのである。

その通報から、まだ三〇時間もたっていない。

事件の第一発見者である木元良介から事情聴取を行ったのは、阿久沢自身である。確かに事件そのものの内容は風変《ふうが》わりだったが、最初は単なる失踪事件として処理されるはずだった。河童が人を喰ったと言われても、科学警察と評価される日本の警察がそれを真面《まとも》に受け取るわけにはいかない。

だが、被害者である野村国夫のものらしい遺体の一部が発見され、事件は意外な方向に急転することになった。

遺体の発見者は千葉県からやってきた中学生だった。細見橋から一キロほど下流の土手でブラックバスを釣っていると、その前に釣り用のハイウェーダーが流されてきた。最初はまさか死体だとは思わなかったという。いいものを見つけたと思って岸に引き上げようとしたところ、中に人間の体の一部が入っていた。

通報を受けてパトカーと救急車が急行し、遺体はそのまま県警本部に移送された。発見から二時間後には殺人事件としてつくば中央署に捜査本部が設置され、県警から応援が送りこまれてきた。

捜査本部長にはつくば中央署の木村英司《きむらえいじ》署長、副本部長に県警の長富正夫《ながとみまさお》捜査一課長が立つことになった。本部名は、『牛久沼変死事件捜査本部』と命名された。もちろん、捜査本部名からも想像できるように、警察はこの事件を殺人とも事故とも断定はしていない。

だが、副本部長に県警の捜査一課長が就任したことにより、その方向性だけは明らかになっている。捜査一課は、殺人事件を担当する課である。

同時に、第一発見者の木元は重要参考人としてつくば中央署に任意同行されることになった。

長富は一流大学出のエリート警察官である。警察学校から現場でたたき上げてきた阿久沢とは、根本的に異なる人種だ。

年齢は五〇歳前後に見える。痩《や》せて小柄で、胃が悪いらしく吐《は》く息が臭い。阿久沢は長富と昨日から何回か顔を合わせているが、どうも馬が合わないような気がしてならない。

長富のひと声で、阿久沢は地元の情報収集の責任者に回されることになった。ようするに、歩き回って聞き込みをやれ、というわけである。

阿久沢は、それも気に入らなかった。もし木元を落とす気なら、せめて最初に事情聴取を担当した自分にその役を与えられてしかるべきだと思う。

最初の捜査会議では、木元の事情聴取の内容と遺体発見状況の説明、これからの捜査手順を検討するのみに留《とど》まった。またその後、簡単な記者発表も行われている。

そして、今朝第二回目の捜査会議が招集された。内容は主に、遺体の解剖《かいぼう》所見に関するものだった。解剖にあたったのは、やはり県警から派遣された大田《おおた》という初老の司法医師だった。

大田は、まず被害者の年齢、性別、血液型、生前の体重や身長、体の特徴等を読み上げた。被害者が野村国夫自身であることは、発見当時ズボンの中に残されていた運転免許証、及び野村の家族の証言等により確認されている。

「遺体の残留部分は、下半身と左腕を含む左上半身の一部のみです。欠損部分は頭部と右腕を含む右上半身、また内臓は、左肺の一部と腸の一部を残すだけであとは欠損しています。遺体の残重量は約三四キロ。被害者は小柄で生前の体重が約五二キロと確認されていますが、流出した血液を含めて約一八キロの欠損部分があるわけです。

死亡推定時刻は六月一七日の午前八時から一〇時の間、死亡原因は不明。遺体の切断部分は荒れていて、少なくとも鋭利《えいり》な刃物等が使われた形跡《けいせき》はありません。どちらかと言えば、無理に引き千切《ちぎ》ったような断面です。また左の肩や背中などに、数本の深い引っ搔き傷のようなものがあります。特に背中には明確に三本、幅約一〇センチで並行《へいこう》して残っておりまして、これは凶器を特定する上で有力な手がかりになるものと思われます。

以上です。何かご質問はありませんでしょうか」

阿久沢が手を挙げた。

「その遺体の切断状況ですが、何か大きな動物が喰《く》い千切《ちぎ》ったものとは考えられないでしょうか」

狭い会議室に詰め込まれた一〇人あまりの捜査員の間から、ざわめきの声が上がった。

「確かにその可能性がないとは言えませんな。しかし、仮にそうだとすると、とてつもなく大きな動物だということになるね。そのような肉食の動物が、あの沼や川に住んでるとは思えないが」

「もうひとつだけ質問があります。肩と背中に残っていた傷ですが、それは何か動物の爪《つめ》によってできたもの、とは考えられないでしょうか」

またざわめきが起こった。

「いいですか、傷と傷との幅は一〇センチもあるんですよ。これが動物の爪だとしたら、そいつはトラかライオンくらいはあることになる。トラやライオンが水の中に住んでいないことくらい、だれだって知っていますよ。仮に犯人が河童だとしたら……」

「もうそのくらいでいいだろう」

副本部長の長富が立ち上がった。

「どうもつくば中央署には、この事件を河童のせいにして終わらせてしまいたい者がいるようだがね。警察としてはそうもいかない。今後の方針としては事件の目撃者の木元良介を第一の容疑者と考え、まあこれは非公式にだがね。殺人事件として捜査を進めていく。今後は被害者の遺体の残りと、上半身の衣類、凶器の発見に全力を尽くしてもらいたい。もちろん目撃者や有力な情報を集めることも大切だ。以上だ」

長富のひと声で、捜査会議には幕が下ろされた。阿久沢が聞き込みに回されたのは、その直後だった。

もちろん阿久沢自身、実際に河童が存在するとは考えていなかった。可能性としては、やはり殺人事件と見るのが妥当《だとう》だろう。木元が犯人で、何か特別な道具を使い、河童をでっち上げたとすればすべて説明がつく。

だが、心に引っかかる部分があることも事実なのだ。阿久沢は木元から直接話を聞いている。しかも事件の直後にである。木元の話の内容、態度、そしてあの真剣な目。すべてを否定するのは、無理なように思える。

河童は実在しないにしても、何かがいたのではないか。木元は何かを見ているのではないか。その可能性を考えてみるのも無駄《むだ》ではない。

阿久沢は午前中、西谷田川と東谷田川の間にある下岩崎《しもいわさき》を中心に聞き込みに回った。だが、有力な証言は何ひとつ得られなかった。

細見橋は日曜日でも交通量が多い。歩いて渡る人間だけでも一時間に二〇人はいるだろう。事件は橋から見渡せる一〇〇メートルほど上流で起きている。

もちろんその根拠となるものは、木元の証言だけだ。だがそれが事実とするならば、目撃者がいる可能性は十分にある。

昼を過ぎたところで、阿久沢は一度署に電話を入れた。報告をすませたところで、他の場所を回っている捜査官の状況も聞いてみたが、やはり誰も有力な手掛かりは得ていないようだった。

目撃者がいないとすれば、事件が他の場所で起きたとも考えられる。最初から、木元の作り話だったのか……。

だが、電話口に出た同僚から、ちょっと面白い話を聞くことができた。一一〇番通報で、午前中に二件の情報提供があったという。どちらも小学生と中学生の子供で、一昨年の夏ごろに沼で河童らしきものを見た、という内容だった。

河童を見た。いかにも子供らしい通報だ。夢があっていいじゃないか、と同僚は電話口で笑い声を上げた。阿久沢も笑った。学校をズル休みした子供が、今朝の新聞かニュースでも見て、思いつきで電話でもしてきたのだろう。

阿久沢は、沼を眺めていた。沼ではまだ捜索が続けられている。だが、結局は何も出ないのではないか。

素裸《すはだか》で水遊びをする子供たちの姿が、現実の風景にオーバーラップして見えたような気がした。少年時代は、よくこの沼で泳いで母親に叱《しか》られたものだ。当時はまだ沼の水も美しく澄んでいて、潜れば群れを成して泳ぐ小鮒《こぶな》や鯉《こい》の姿さえ見ることができた。

あの平和な沼の風景は、どこへ行ってしまったのだろうか。阿久沢は、ふとそんなことを考えていた。

2

ブッシュの中に細い道が続いていた。

道は舗装《ほそう》されていない。最近降り続いた雨で、路面は泥沼のようになっている。

その道を、赤いランドクルーザーが押し分けながら進んでいく。草や小枝がボディに爪を立てるが、有賀はまったく気にする様子はない。穴も、泥も、水溜まりも、まったく無視するようにアクセルを踏み込む。

後部には、キャンピング・トレーラーを引いている。これが現在の有賀の〝家〟だ。トレーラーは時々穴で大きくバウンドし、中に詰まっているガラクタががちゃがちゃと音をたてる。

小さな雑木林を抜けると、前方に水辺の風景が開けた。牛久沼に流れ込む最大の河川、東谷田川の河口である。川幅は、一〇〇メートル近くあるだろうか。土手は整備されているが、その先には広い葦の群生が広がっている。

「さあ、ジャック。おまえの生まれ故郷に着いたぜ」

助手席に座っている大柄な犬は、黙って前方の風景を眺めている。

二年前、河童伝説を取材に来た有賀とジャックが初めて出会った場所である。当時、ジャックはころころと太った生まれたばかりの子犬で、典型的な雑種の野良犬《のらいぬ》だった。釣り人から魚などをもらって生き延びてきたらしく、犬のくせに肉よりも魚が好きだった。離婚したばかりだった有賀は、自分の境遇《きょうぐう》から野良犬という言葉に奇妙な共感をおぼえ、そのままなんとなくいっしょに暮らすことになった。

道は土手の上で行き止まりになっていて、そこに小さな空き地があった。以前は畑だったようだが、最近は人が手を加えた様子もない。

有賀はその空き地でランドクルーザーを止めた。トレーラーを切り離して近くにある石で固定し、車の屋根からカヌーを降ろす。

有賀はトレーラーの中から、小型のチェーンソーを取り出してきた。エンジンをかけると、その耳を裂く轟音《ごうおん》に驚いたのか、近くの浅場で小魚をついばんでいたゴイサギが飛び立った。有賀は草の中で朽《く》ちかけた倒木に歩み寄ると、馴れた手つきでそれを解体して薪《まき》を作った。それだけでこれから何日間か住む家の準備は終わりだ。

「ジャック、釣りにでも行くか」

有賀がロッドを振る真似をする。ジャックはまだ陸の上にあるカヌーに飛び乗り、ワンとひと声吠えた。

カヌーに、プラノのタックルボックスとロッドを二本積み込む。有賀はそこで少し考え、もう一度キャンピング・トレーラーに戻り、バックのサバイバルナイフを持ち出した。それをベルトで腰に固定する。河童と戦うための武器としては心細いが、まあないよりはましだろう。それにいざとなれば、ジャックが吠えて危険を知らせてくれるはずだ。

陽はまだ高い。時計を見ると、午後四時にはまだだいぶ間があった。

有賀はまず東谷田川から沼に下り、西谷田川の様子を見てみることにした。車の中で聞いた午後のニュースで、事件が沼でなく西谷田川で起きたことを知ったからだ。ニュースでは野村国夫の変死事件について、死体の一部は未《いま》だに発見されていないこと、警察は事件の解明に全力を尽くしていること、変質者による殺人の可能性が強いことなどを告げていた。

西谷田川河口には警察のボートが何艘も出ていて、そこから上流へ遡《さかのぼ》る船舶《せんぱく》はすべてチェックされていた。その検問をフリーパスで通れるのは、テレビ局や新聞社の取材陣だけだ。同じ取材を目的としたジャーナリストでも、有賀のようなフリーのルポライターは排除されることになる。

その矛盾《むじゅん》と差別を、ジャーナリスト自身がごく当たり前のこととして受け止めている。疑問すら持つことはない。それも日本独特の民主主義の一面である。

有賀もまた検問を見た時点で、そこから先に進むことをあきらめていた。だが、だからといって有賀が多くのフリーの記者と同じように事なかれ主義というわけではなかった。有賀が取材の対象として興味を持っているのは河童であり、もしくは牛久沼の伝説である。今回の事件そのものではない。それに、現時点の第一目的は、ブラックバスを釣ることである。

ジャーナリストではなく、今は一人の釣り人にすぎない。キャップにサングラス、Tシャツにフィッシング用のベスト、カヌーには二本のロッドと犬が一匹乗っている。これではいくらプレスカードを出して取材だと言い張ってみても、警察が認めてくれるわけはなかった。

有賀は検問の手前で、カヌーの方向を変えた。そして、下ってきた東谷田川を遡っていった。後はゆっくりと、静かな場所で釣りを楽しむことにした。

風で水面にはさざ波が立っていた。その風に逆らいながら、カヌーは滑るように進んでいく。カヌーの先端では、ジャックが気持ち良さそうに毛をなびかせている。

パドルで水を掻く度《たび》に、有賀の腕の筋肉が力強く張り詰める。肩幅が広く、手足が長い。最近は過ぎた酒のために多少腹が出ているが、スポーツや肉体労働を経験した者だけが持つ武骨《ぶこつ》さを感じさせる体だ。

有賀はあらゆる意味で、動物的な男だった。理性よりも、本能を大切にする。雄の獅子《しし》のように怠《なま》け者で、虎のように用心深く、狼《おおかみ》のように貪欲《どんよく》である。そして、いざとなればそれなりの力を発揮する自信もある。もし河童が実在するとすれば、有賀はきっと自分のような奴ではないか、と想像する。

その有賀の性格は、彼の釣りにもよく表れている。釣りは、やはり魚が釣れなくては面白くない。しかもその数が多いほどいい。釣り方とスタイルにこだわるだけのスポーツフィッシングには、まったく興味が湧かなかった。

最近、有賀はバッシングにポークと呼ばれるルアーをよく使う。これが、実によく釣れる。ポークは豚肉の脂肪から作られたルアーで、その点でもプラスチックや木を素材としたものとは根本的に性格が異なる。ある意味では生の餌と共通する要素があるわけで、正統派からは邪道と評されることもある。

だが、有賀はそんなことはまったく気にしなかった。とにかくポークは釣れる。だとすればそれを使うのがベストの方法なのである。

しかも、釣った魚は食う。キャッチ・アンド・リリースにはこだわらない。たとえブラックバスであれ、料理方法によっては旨い魚であることを有賀は知っている。

葦の際に、ラバージグと連結したポークを正確にキャストする。ルアーが底に着いてしばらく待ち、ロッドアクションでバスを誘う。あたりがあれば、そこで強く合わせる。バスがフックに乗れば、後は強引に巻き取り、カヌーに抜き上げる。

有賀流の乱暴なやり方だ。だが、そのためにラインは一二ポンドテストという太いものを使っている。細いラインで大物と渡り合うようなデリケートな釣りは、有賀の性《しょう》には合わない。リールもABUの3500Cという強力なものだ。

小さなバスが釣れると、そのまま無造作に沼に投げ捨てる。まあ、これも見方によってはキャッチ・アンド・リリースということになるのかもしれない。

三〇センチ以上の大きなものが釣れれば、それをジャックの鼻先に差し出して、伺いをたてる。

「ジャック、こいつはどうだ」

ジャックがワンとひと声吠えれば、そのバスは美味い、ということになる。吠えずにそっぽを向けば、自分の口には合わない、ということだ。ジャックは牛久沼で生まれただけあって、ブラックバスの味にはなかなかうるさい。

ジャックのお眼鏡《めがね》に適《かな》ったバスは、そのままカヌーの底にころがしておく。こうして、有賀は約一時間で六匹のバスを釣り、その中から三匹をキープした。

有賀がその少年と初めて出会ったのは、六匹目のバスを釣りあげてロッドをかたづけようとしていた時だった。有賀のカヌーから五〇メートルほど離れた川の対岸の近くで、少年は田船《たぶね》の上に立ち、無心にキャストを繰り返していた。

田船は牛久沼独特の作業船である。全長は四〜五メートル前後、庄兵衛新田《しょうべえしんでん》に代表される浮田《うきた》での作業や、浅場での漁に便利なように平底で幅も広く作られている。以前は田船専門の船大工も何人かいたが、現在ではそれを使う人間も、作る人間もほとんどいなくなっている。

その田船を操っていることで、少年は地元の人間であることがわかる。だが何よりも有賀が少年に興味を抱いたのは、その見事なキャスティングのフォームとテクニックだった。正確で、素早く、無駄がない。有賀はジャーナリストとして何回かプロのバストーナメントに顔を出したことがあるが、これだけのロッド捌《さば》きをする選手はそうざらにお目にかかったことがない。

見たところ中学生くらいだろうか。有賀は自分のカヌーを近くまで寄せ、しばらく少年のキャスティングに見とれていた。

少年のタックルは、見るからに安物《やすもの》だった。リールも、何の変哲もないスピニングである。しかしそこから投げ出されるルアーの軌跡は、いかなるバスプロのそれより力強く、そしてしなやかだった。

キャストの後に数秒間のポーズがある。そして、ルアーに命を吹き込むためのロッドアクションがある。すべてがバスを誘うための理に適ったやり方だ。

少年がロッドを大きく合わせた。バスのあたりがあったようだ。安物のロッドが、根本まで一気に締め込まれる。

大きいな。しかし、あのタックルじゃあ取り込めないだろう……。

だが、有賀の思いをよそに少年は冷静だった。まったく動じる様子もない。

バスがジャンプする。エラ洗いだ。四〇センチは遥かに超えている。少年はロッドの先を水中に突っ込み、それを軽くあしらう。

バスが葦の群生に突進する。少年はロッドを素早く反転させ、それを深場へと誘導する。

正確なポンピング・アクションで非力なリールをうまくフォローしている。見る間にバスと田船との距離が詰まっていく。

少年が田船の上でかがんだ。ロッドを左手に持ち、右手を水中に入れる。バスの下口を摑《つか》むと、いとも簡単に抜き上げてしまった。

すごいな……。

有賀は思わず心の中で呟《つぶや》いた。

だが、その後の少年の行動で、有賀は更に驚かされることになった。少年はバスを左手に持ち替え、右手でポケットから小さなナイフを取り出すと、それをエラにあて無造作に喉を切り裂いた。

最初にそれを見た時には、有賀は少年が自分と同じようにバスを持ち帰って食べるのだと思った。だが少年は血を流して痙攣《けいれん》するバスを、まるでゴミでも捨てるように川に投げ捨てた。

その時、初めて有賀と少年の目が合った。坊主頭《ぼうずあたま》だが、美しい顔立ちをした少年だった。無表情で暗い目をしている。少年は、有賀の存在に気がついても、驚く様子すら見せなかった。

「どうだ、釣れるかい」

少年の持つ奇妙な冷たさに、有賀は気圧《けお》されたのかもしれなかった。そう訊いた後で、つまらない質問をしたものだと思った。

少年は何も答えなかった。ただ黙って有賀から目を逸《そ》らすと、川で手についた血を洗い流した。

少年は、またロッドを手にしてキャストを始めた。有賀はしばらくそれを見ていた。

アンカーを入れていない有賀のカヌーは、東谷田川のゆったりとした流れに押され、少年との距離が少しずつ遠くなっていった。

3

夕焼け空に、椋鳥《むくどり》の群れが飛び交《か》っていた。

関東地方の梅雨入りは発表されたばかりだが、ここ何日かは天気ももちそうだった。

水面には、杙《おだ》が何本も立っていた。杙には網が張られ、四角く囲ってある。その近くを有賀のカヌーが通り過ぎると、網の中で大きな鯉がはねた。

葦の先の土手の上に、有賀のキャンピング・トレーラーが見えてきた。その脇に老人が一人立っている。老人は腕を組み、足を大きく広げ、有賀をじっと見つめている。

老人を見て、ジャックが吠えた。だがその声は敵意を表したものではなく、どちらかといえば仲間に対する遠吠《とおぼ》えのようなものだった。カヌーが岸に着くと、ジャックは老人に駆け寄り、鼻を鳴らしてジャレついた。

「なんだ、爺《じい》さん生きとったのか」

カヌーを引き上げながら、有賀が言った。

「生きとったのかはないだろうが。他人の土地に勝手に〝家〟を建てよって」

老人が答えた。そしてジャックに目を移した。

「いい犬になったろう」

「ああ、いい犬になった……」

老人はその場にしゃがみ込み、皺《しわ》だらけの日に焼けた手でジャックの頭をなでた。

ジャックはこの沼で生まれた。最初になずけたのが、この老人だった。老人の名は吉《よし》岡源三《おかげんぞう》という。牛久沼に残る最後の川漁師である。

源三は、子犬だったジャックを見かける度に、獲《と》ってきた小魚を投げてやっていた。飼っているわけではなかったが、自然とジャックは源三の近くをうろつくようになった。

当時取材のためにこの土地でキャンプをしていた有賀は、源三を通してジャックと知り合った。それが現在に至っている。

「爺さん、酒持ってきてやったぞ。越乃寒梅《こしのかんばい》という名酒だ。知っとるか」

「なに、今度は〝れみいまるたん〟じゃないのか。わしゃあ、あれが気にいっとったんだがな」

「何ぬかすか。日本酒以外は酒じゃない、といったのは自分だろうが」

「そうだったかな。先月で七〇になってな。歳をとると、昔のことはすぐ忘れる」

そういって、源三は大声を上げて笑った。

有賀も笑った。

「どうだ爺さん。今夜はここで飲まんか。たまには星を見ながら飲むのも、悪くはなかろう」

「二年前のようにか。いいだろう。それじゃあ肴《さかな》はわしが婆《ばあ》さんに用意させよう」

結局、源三は七時に来る約束をして立ち去った。源三は二年前と同じ、ポンコツの軽トラックに乗っていた。何もかもが当時のままで、有賀にはそれが妙《みょう》にうれしかった。

源三が来るまで、二時間ほどの間がある。有賀は釣ってきた三匹のブラックバスを捌き、簡単な料理を作ることにした。

一匹は小麦粉をまぶしてムニエルを作った。一匹は薄切りにして油で揚げ、バスチップスを作る。これはビールによく合う。どちらも三〇センチ以上のバスなので、かなりボリュームがあった。最後の一匹は水から煮て、ドッグフードと混ぜてジャックの晩飯になった。これは牛久沼で生まれたジャックの大好物である。

キャンピング・トレーラーからテーブルを出し、その上に作った料理を並べる。有賀は家事が苦手だが、不思議とキャンプをすると料理だけは作る気になる。

約束どおり七時に源三が田船に乗ってやってきた。船から大きな皿を降ろす。肴は鯉の洗いと、烏貝《からすがい》の煮物だった。どちらも源三がこの沼で獲ったものだ。

「なあ、有賀よ。おめえはどうせまた河童の件で来たんだろう」

源三が言った。

「そうだ、昨日の事件、あれが気にかかってな」

「そう思って面白い奴を呼んどいた。警察に事件を最初に通報した奴だ」

「通報……。木元とかいう東京の釣り師じゃないのか」

「違う。新聞にはそう出とったがな、最初に電話をしたのは地元の奴じゃよ。木元を西谷田川で拾って、家まで連れ帰ったのがおるんだ。稲倉正利といってな、今は農業をやっとるが、以前はわしと同じ漁師だった男だ。まあ、実際に河童を見とるわけではないが、事件の後の木元の様子を聞くだけでも面白かろうが」

そのような男が存在することは、有賀には初耳《はつみみ》だった。もしそれが事実ならば、ぜひ会ってみたいことは確かだ。

とりあえずその男が来るまで、二人で飲みながら待つことにした。有賀は最初にビール、源三はいきなり日本酒を冷《ひや》で飲《や》り始めた。肴は牛久沼で獲れた文字どおりの魚や貝ばかりだったが、即席にしては上出来《じょうでき》だった。

源三は有賀が作ったムニエルが気に入ったようで、旨い旨いと言いながら盛《さか》んに箸《はし》を運んだ。だが、それがブラックバスであることを有賀は言わなかった。材料は海の魚、ということになっている。もし源三がムニエルの正体を知れば、その場に吐き出したかもしれない。

源三は、あんな魚を食えば病気になると、頑固《がんこ》に信じている。

六月とはいえ、沼からの冷たい風は体にこたえる。有賀は用意してあった薪に火を入れた。キャンピング・トレーラーの発電機を動かして灯をつければ、部屋の中よりもむしろ快適な空間が出来上がる。

「最近は、漁はどうだい」

有賀が聞いた。それまでの世間話ではむしろ饒舌《じょうぜつ》であった源三の口が、その一言で一瞬止まった。そして、ゆっくりと言葉を選ぶように話し始めた。

「あのブラックバスという魚が入ってから、どうもいかんな。年々悪くなる……。それに、最近はブルーギルとかいう魚も増えてきてな。今獲れるのは鯉と鮒《ふな》と、後はこの烏貝くらいのもんだ……」

以前、牛久沼周辺では、川漁が盛んだった。だが、昭和五〇年代に入ってブラックバスが急激に増え始め、沼の生態系は一変してしまった。

源三が若いころは、牛久沼名物の鰻《うなぎ》を始め、鰙《わかさぎ》、鯰《なまず》、佃煮《つくだに》にする持子《もつご》など、漁の対象は豊富だった。季節に応じた漁をすれば、一年間の生活も安定していた。年間を通して鰻だけを獲る川漁師も、何人もいた。

だが、いつの間にかその鰻がいなくなった。鰙も持子も、気がつくと獲れなくなっていた。最初は漁協《ぎょきょう》などで鰻や鰙の稚魚《ちぎょ》を放流してみたが、結局は無駄に終わった。ブラックバスが、成魚《せいぎょ》になる前にすべて食い尽《つ》くしてしまうのである。

昔の川漁師は景気が良かった。名物の川魚料理で、地元の料理屋にも活気があった。だが、それもすべて過去の話になった。

川漁師は、一人、また一人と姿を消した。土地を持つ者は農業で生き、持たない者は町に勤めに出た。そして、現在では川で漁をして生きる人間は源三だけになってしまった。

「最近は網をかければブラックバスだ。たまに鯰が獲れたと思えば、それだってアメリカ産のヘンテコな奴だ。カエルはウシガエルばかりだし、テナガエビはいなくなってアメリカザリガニが幅《はば》を利《き》かしとる。挙げ句の果てに、中国から来たライギョまでいる。どれもわしが子供の時分《じぶん》には見なかったものばかりだ。はたしてこの沼が本当に日本なんだか、外国なんだか、よくわからなくなってきた」

「どうやって暮らしてるんだい」

「まあ、わしも婆さんも年金があるしな。それに獲れた鯉を料理屋に持っていけば、多少の小遣《こづか》いにもなる。昔と違《ちが》って、鯉だって放流物だがね」

「逆にブラックバスを殖やして放流したらどうだ。そうすれば、漁協で遊漁《ゆうぎょ》料を取れるだろう。これだけ釣り師が多いんだから……」

「馬鹿《ばか》こくな。食える魚を獲ってこその漁師じゃねえか。食えもしねえ魚を放流するなんざ、漁師の仕事じゃねえべ」

源三は強い口調でいった。目の光からは、自分が牛久沼の川漁師として生きた人生に対する、確固たる信念が感じられた。結局は漁でしか生きられない不器用《ぶきよう》な男なのだ。だが、有賀はそんな源三が好きだった。

「しかし、まあわしの漁師としての先もそう長くねえさ……」

今度は淋《さび》しそうに、源三は呟いた。

沼は夜の帳《とばり》に包まれていた。月明かりで、水面がかすかに光っている。沼の西に並んだ高圧線の鉄塔も、今は見えない。

辺りに散らばる人家《じんか》や、遥か国道六号線を走るトラックのライトの光さえなければ、沼は原始そのままの姿を残していた。だが、都会の人間には見えないどこかで、沼は確実に変化しつつある。

闇の中で、大きな魚がライズする音が聞こえた。ブラックバスだろうか。

八時を過ぎたころに、稲倉正利がやってきた。稲倉もまた、源三と同じように田船に乗っている。歳格好《としかっこう》も源三によく似ていた。

だが体の線は多少細く、目も温和である。源三のように特異な頑固さも感じられない。稲倉は土産《みやげ》がわりに、落花生《らっかせい》の水煮を持ってきた。自分の畑で取れたものだという。

稲倉は源三とかなり親しい様子だった。軽く挨拶《あいさつ》を交わし、空いたコップに勝手に酒を注《つ》ぐと自分の席についた。性格も屈託《くったく》がない。初対面の有賀に対しても、人見知りすることはなかった。

しばらく世間話をした後で、有賀は本題に入った。木元良介の件である。その話になると、稲倉の顔も多少真剣になった。

「最初にあの男を見たときは、こいつは頭がいかれとるんじゃないかと思った。なんてったって、大の男が河童に喰われちまった、てんだからね。しかし目が真剣だったし、嘘を言ってるようにも見えない。これは何かあるぞと思って、家に帰って一一〇番したんだ」

「警察に電話したのは、稲倉さん自身なんですね」

「そうだ。奴は電話できるような状態じゃなかったからね。そうしたら昼過ぎになって仏さんが上がったっていうじゃないか。驚いたのなんのって」

「それで警察が来る前に、木元は何か言っていませんでしたか。つまりその、河童がどんなだったかとかそんなことを」

「うん。言っとったよ。なんでも顔が白くて四角くて……口が大きくて鼻が尖《とが》っていて……背中がギザギザだったとか……」

「大きさは」

「人間の大人よりは大きい、と言っとったな。あ、そうそう。頭の上に、黒い皿が載っとったとも言っとったよ」

「黒い皿、ですか。皿といえば普通は白いものですよね。顔が白で、皿が黒。作り話にしては何かおかしいな。爺さんはそんな奴、沼で見たことあるか」

有賀は、今度は源三に聞いた。

「いや、ないな。もう五〇年以上もほとんど毎日この沼に漁に出とるが、一度も見たことはない」

源三が答えた。

「稲倉さんは」

今度は稲倉に聞いた。だが稲倉はすぐには答えなかった。何か話しにくい事情があるらしい。

「うーん、まあおれもそんな奴、もちろん見たことはないんだがね。実は中学生になる孫が一人いてな、そいつが一昨年《おととし》の夏、釣りをしてて怪物を見たと言っとるんだよ」

「今度は怪物ですか」

「もちろん子供の言うことだから、あてにはならんがね。しかし昨日、孫に河童の話をしたら、そのときの怪物と同じだ、と言うんだ。それで、今朝警察に電話したらしいんだが、もちろん相手にされなかったらしい。一応は電話番号と名前を知らせといたようだが、その後は警察からも何も言ってこないようだな」

「そのお孫さんに会えますかね」

「ああ、かまわんよ。今はちょっと訳ありで学校にも行っとらんし、明日の昼にでも来たらいい。家は西谷田川沿いの大舟戸にある。まあ、あまり話し好きな子じゃないから役に立つかどうかはわからんがね」

「太一《たいち》がそんなものを見たと言っとったか」

源三が口を挟んだ。どうやら稲倉の孫は、太一という名前らしい。源三が続けた。

「実はな、これは今度の事件と関係あるかないかわからないんだが、ここ最近沼で妙なことが起きとるんだよ」

「妙なこと……」

「うん。ここから、水の中の杙《おだ》に網が張ってあるのが見えるだろう。わしはあすこを獲った鯉を入れておく生簀《いけす》にしとるんだがね。その網が二カ月程前に破られたんだ。しかも、ここ二年でもう三度目だ。それ以前にはそんなこと、一度もなかっただがな。三尺やそこらの鯉じゃ、絶対に破られるような網じゃねえ」

「でも誰かが鯉を盗むために破ったのかもしれないぜ」

「いや、それは考えられんな。網に穴を開ければ鯉は全部逃げちまう。人間ならもう少しましなことを考えるはずさ。それだけじゃあねえ。もっと妙なこともある。三尺もある鯉の半分に千切れたのを、やはりここ二年の間に何回も沼で見てるんだ。最初はボートのプロペラにやられたんだと気にも留めなかったんだが、今考えるとどうもおかしい」

「国道の水門のところに白鳥がいるだろ。あれを誰かが殺してるって噂がたったこともある。今度は数が少なくなって、羽が浮いてたこともあった」

今度は稲倉が言った。

「それは、全部ここ二年の内に起きたことなのかい」

「そうだ。それ以前にはなかったことだ」

二人の老人が口を揃えた。

やはり何かがある。有賀の心の中に、確信のようなものが湧き上がってきた。

老人たちの話は、沼の河童伝説談議になった。河童松《かっぱまつ》の話。小川芋銭《おがわうせん》の河童の碑の話。

だが、有賀はまったく話が耳に入らなかった。ただぼんやりと白い顔の怪物のことばかりを考えていた。

老人たちは一〇時頃に帰っていった。それから後も有賀はしばらく酒の入ったマグカップを持ったまま、夜の沼を眺めていた。

ランドクルーザーのバンパーに繋《つな》がれたジャックは、静かに眠っていた。

4

警察の捜査は難航していた。二日間で延べ八〇人もの捜査員を動員したが、めぼしい発見や目撃者の証言はほとんど得られていない。

西谷田川の川沿いでは、野村が事件当時身につけていたと思われるシャツの切れ端と、何点かのロッドやリール、ルアーなどが見つかった。だがその数は膨大なもので、逆に野村のものと特定することは困難だった。

木元良介からもまた、事件当時の事情聴取以上のことはほとんど聞き出せていない。ただひたすらに、河童の存在を訴え続けているだけである。しかも、取調官の態度から自分が犯人として疑われていることを知り、必要以上のことは何も話さなくなっていた。木元の顔には、事件を目撃した直後よりもむしろ恐怖の色が濃くなっている。

警察が木元を犯人と断定するためには、いくつかの障害がある。そのひとつは動機だ。一応は東京の中野署の応援を受けて怨恨《えんこん》の線を洗ってはいるが、今のところ参考になるような事実は何も出てきてはいない。

もうひとつは凶器である。大の男をバラバラにするのには、それなりの道具が必要だ。だが当日木元を車に乗せてきた仲間は、木元が釣り道具以外には何も持っていなかったことを証言している。木元自身が身につけていた凶器らしきものと言えば、コンパクトで知られる釣り用のスイス・アーミーナイフが一本だけだった。

そうなると、共犯者の存在を考える必要が出てくる。第三の人物が現場にいて、その人間が凶器も用意していたと仮定しなければ説明がつかない。共犯者が車に乗っていれば、遺体の残りを隠すことも可能だ。

だがそのような人物の存在は、今のところ捜査線上には浮かんできていない。動機、凶器、共犯者。その洗い出しが当面の捜査本部の課題となった。

六月一九日、阿久沢健三は朝八時に出署した。長富捜査副本部長はすでに自分のデスクについて、聞き込みの成果が皆無《かいむ》だったことを責めるために阿久沢を待ち受けていた。阿久沢は朝っぱらから、あの胃の腐ったような臭い息を吹きかけられることになった。

やっと解放された阿久沢の元に、沼を巡回中のパトロール船から無線連絡が入った。内容は、「東谷田川河口付近の土手の上に不審な車を発見した」というものである。

――車種は赤の4WD車と白のキャンピング・トレーラー。ナンバーはどちらも東京の練馬ナンバーの模様。葦のブッシュでモーターボートでは上陸不可能なため、陸からの捜査をお願いします。以上――。

あまり気が進まなかったが、署内で長富の面白くもない顔を見ているよりは現場に出る方がましなように思えた。結局阿久沢は、自ら出向くことにした。

土手に出る道を探すために、阿久沢は何回も道に迷った。地元の人間でも沼の周りにはこれだけ知らない道があることに、阿久沢は改めて驚かされた。

結局一時間近くもかかって、やっと沼に続く細い農道を探し当てることができた。だが、道はかなりぬかるんでいる。パトカーに傷でもつければまた長富に文句を言われかねない。阿久沢は少し手前でパトカーを乗り捨てて徒歩で沼に向かうことにした。しばらく歩くと川に面した狭い空き地に、赤いランドクルーザーとキャンピング・トレーラーが見えてきた。

そのとき、異様なものが目に入った。それは、ランドクルーザーの後部に立て掛けてあった。

チェーンソーだ。瞬間的に阿久沢は、以前に見たオカルト映画の残虐《ざんぎゃく》なシーンを頭に思い浮かべた。

ランドクルーザーに走り寄った。車内を覗《のぞ》き込む。荷台にはアクス（斧《おの》）やスコップ、太いロープなどが積み込まれている。血管を熱い血が逆流した。

犬の唸《うな》り声が聞こえた。茶色の大型犬が、阿久沢を目がけて飛びかかった。だが、犬はランドクルーザーのフロントバンパーに繋《つな》がれていて阿久沢には届かない。阿久沢は犬を無視して荷台のドアを開けた。


有賀雄二郎は、ジャックの吠える声で目を覚ました。異様な吠え声だった。滅多なことでは吠えない犬であることを、飼い主である有賀が一番よく知っている。

カーテンの隙間から外を見る。どう見ても人相《にんそう》の良くない男が、有賀の車を物色《ぶっしょく》している。これではジャックも吠えるわけだ。

なめやがって――。

有賀は素裸の上にジーンズだけを身につけた。トレーラーのドアを、静かに開ける。男は気がつかない。夢中で車の中を物色している。

有賀が飛び出した。男が有賀を見た。次の瞬間、男の腹に有賀の強烈なタックルが突き刺さった。

阿久沢の体が飛んだ。阿久沢には、何が起きたのかまったくわからなかった。

起き上がろうとする阿久沢に、有賀はパンチを見舞った。それが顎《あご》にもろに決まった。

だが、今度は阿久沢は倒れなかった。殴られながらも、蹴《け》りを有賀の腹に叩き込んだ。

有賀が殴った。

阿久沢も殴り返した。

どちらも一歩も引かない。だが、形勢は有賀が有利なように見えた。

これ一発で決まる――。

有賀は阿久沢の鼻を目がけ、渾身《こんしん》の一発を繰り出した。

阿久沢はそれを待っていた。有賀の腕を取り、腰を低く落とした。

有賀の体が宙に浮いた。

固い地面に、肩から叩きつけられた。

有賀は腕を取られたまま、泥の上にうつ伏《ぶ》せに押しつけられた。その腕に、金属の冷たい輪がカチリと音を立てて食い込んだ。

「公務執行妨害《こうむしっこうぼうがい》で逮捕する」

有賀はその声を、半分夢の中で聞いていた。

くそ。昨夜は飲み過ぎちまったぜ……。

意識が少しずつ薄れていく中で、有賀は狂ったように吠えるジャックの姿を見ていた。

少年探偵団

1

牛久沼は広大な沼である。

面積は六・五平方キロ、周囲の全長が二九キロ（平成二年当時）。豊饒《ほうじょう》な水を湛《たた》え、深い緑の中に横たわるその姿は、沼というよりもむしろ湖という言葉がふさわしい。

沼には根古屋《ねごや》川、遠山《とおやま》川、西谷田川、東谷田川、稲荷《いなり》川の五河川《かせん》が流れ込む。その水は後佐貫《うしろさぬき》の水門に受け止められ、後に小貝《こかいがわ》川を経《へ》て利根川本流へと流れ落ちる。

不思議なことに牛久沼の水利権は、沼の多くが隣接する牛久市ではなく下流の龍《りゅう》ケ崎《がさき》市に委《ゆだ》ねられている。つまり水門は、沼周辺の水田ではなく、龍ケ崎市周辺の水田の都合によって開閉《かいへい》されるわけである。

これだけ豊かな水を持ちながら、牛久市が水田地帯として発展しきれなかった所以《ゆえん》である。そのために沼周辺では、古くから落花生などの水の影響を受けにくい作物に力が入れられてきた。牛久市は日本のワイン醸造発祥《じょうぞうはっしょう》の地としても有名だが、その元となるブドウ栽培も、稲作に限界を感じた末の苦肉の策であった。牛久市のワインが、現在でも牛久シャトーの名品として受け継がれていることはある意味で皮肉である。

このような背景を考慮すれば、沼での漁業がいかに大切な産業であったのかが理解できる。その漁業も、今ではブラックバスの繁栄と共に終焉《しゅうえん》を迎えようとしていた。もちろん、それ以前に上流での工業発展や宅地化などによる水質の汚染により、漁業は大きな打撃を受けていた。だが、ブラックバスの存在が致命的な追い討ちをかけたことは紛《まぎ》れもない事実である。

牛久沼にブラックバスが正式に放流されたという事実は記録されていない。一九二五年に箱根の芦ノ湖に移殖されたブラックバスが、どのような経路で牛久沼にやってきたのか、今となっては知る術《すべ》はない。

戦後に進駐軍《しんちゅうぐん》の兵士が、自分の駐屯地《ちゅうとんち》の近くでバスフィッシングを楽しみたいがために芦ノ湖からブラックバスを運んだという噂もある。また、日本人の釣り師によっても、かなりの数が放流されたとする説もある。いずれにしろその背景に、単なる遊びのために自然破壊さえ無視したエゴイズムが存在したことだけは確かだ。

野生動物をその棲息地域外にむやみに放つことは罪悪である。自分の放った動物が、野で生活する様《さま》を思い浮かべてナチュラリストを騙《かた》るのは、無知以外の何物《なにもの》でもない。森林を伐採し、農薬を撒《ま》いて芝を植え、その上でゴルフをする人間が自然を論ずる感覚とどこか似ている。

たった一種類の動物が、時にその地域の生態系を完全に破壊してしまうことがある。特に日本のように肉食動物の少ない地域では、被害が顕著《けんちょ》に表れることになる。牛久沼とブラックバスの関係はその典型といえるだろう。

心ない釣り人が遊び半分に放ったブラックバスが、やがては沼特有の生物を絶滅に追い込み、古くからの伝統の漁業をも葬《ほうむ》り去ったことになる。

さて、牛久沼には古くから河童伝説が語り継がれている。河童は関西で河太郎（ガタロ）、九州でガワラッパ、中国・四国ではエンコ、東北ではメンツチ、メドチなどと呼ばれ、その伝説はほとんど全国に分布《ぶんぷ》している。牛久沼の河童はその中でも特に有名なもののひとつとして知られ古くから親しまれている。牛久沼の名も、〝牛を食う沼〟に由来するものであるとされている。

牛久沼の河童伝説を以下に要約してみよう。河童は沼の北側（現在の稲荷川河口付近）

に棲《す》みついていた。やがて河童は農作物を無差別に荒らし、農作業のじゃまをするようになった。

ここまでは、よくある河童のいたずらと共通している。河童はキュウリを盗んだり、通りがかりの人間に相撲《すもう》を挑んだりと悪さはするが、最後には万能薬の作り方を伝授して立ち去る、など友好的な生き物とする神話が多い。

だが、牛久沼の河童はかなりの悪質だったようだ。最後には牛を沼に引き込んだり、沼で水遊びをする子供たちを溺死《できし》させるなど、その悪事は止《と》まることを知らなかった。

村人は困り果てた。そこで立ち上がったのが、村一番の偉丈夫《いじようふ》と言われた彦右衛門《ひこえもん》という若者である。彦右衛門は、雨の日も風の日も鍬《くわ》を持って沼辺へ出かけ、ついにある日、背後から襲ってきた河童を返り討ちにし、生け捕ることに成功した。

河童は一本の松の木に吊り下げられ、その後は逆《さか》さ吊りにされたり村人から石を投げつけられたりと、散々な目に遭わされた。だが河童は頑《がん》として詫《わ》びようとはせず、悪事を悔《く》い改めることもなかった。やがて河童の体力も衰《おとろ》え、最後にはまばたきすらできないほど弱りきってしまった。

制裁は加えても、殺生《せつしよう》は本意ではない。ある日、彦右衛門は、半死半生の河童の縄を解き、沼に放免《ほうめん》してやることにした。水に入ると河童は生気《せいき》を取り戻し、「もう絶対に悪さはいたしません」と彦右衛門に誓い、沼の中へ帰っていった。それ以後、一度たりとも河童が人前に姿を現すことはなかったという。

河童が吊り下げられた〝河童松〟は、戦後までは実在していた。だが、昭和二三年に枯死して伐採されている。現在は同じ場所に新しく松の木が植えられ、当時を偲《しの》ぶことができる。

牛久沼の河童を有名にした功労者《こうろうしゃ》の一人に、画家の小川芋銭《おがわうせん》（一八六八〜一九三八年）がいる。芋銭は明治、大正、昭和初期に活躍した日本画家で、河童などの水魅山妖《すいみさんよう》を描いた仙境の画人としてその名を知られている。牛久沼のほとりに居《きょ》を定め、地元では〝河童の芋銭〟と呼ばれて親しまれた。昭和一三年に俳画堂《はいがどう》から刊行された『河童百図《ひゃくず》』など、近代日本画史を語る上で欠かせない業績を残している。

芋銭がこの地に住んだのは、小川家が牛久藩士《はんし》の家柄であったことに因《いん》を発するが、何よりも牛久沼に伝わる河童伝説と素朴な自然に魅せられたからに他ならない。事実、芋銭の作風には牛久沼の風土が色濃く反映されている。

芋銭が晩年に建てたアトリエ雲魚亭《うんぎょてい》は、現在では小川家より牛久市に寄贈され、小川芋銭記念館として残されている。また昭和二六年には、芋銭の画を石板にモチーフした河童の碑が建てられ、その偉業を偲《しの》んでいる。

雲魚亭は、沼を望む小高い丘の上に建っている。その前に河童松があり、五〇メートルほど北にいくと河童の碑がある。

碑に彫られた石の河童は、深い木々の中で今も静かに沼を見つめている。

公務執行妨害で逮捕《たいほ》された有賀雄二郎は、二日後に牛久沼に戻ってきた。この逮捕はもちろん別件である。有賀の本来の容疑は、チェーンソーなどの道具を所持していたことを理由にした、野村国夫変死事件の共犯者としてのものに他ならない。

だが、有賀はあっけなく釈放《しゃくほう》された。その理由は第一に確固たるアリバイがあったためである。事件があった六月一七日の日曜日は、別れた妻との間にいる九歳の息子との、月に一度の面会の日であった。その日、有賀は息子と共に都内の遊園地で平和な時を過ごしていた。しかも凶器と見なされていたチェーンソーからは、ルミノール反応等の検査の結果、血液の附着《ふちゃく》は確認されなかった。

野村事件に無関係であることがわかると、その時点で有賀の本来の逮捕理由である公務執行妨害もなんとなくうやむやになってしまった。

釈放された有賀が、押収されていたランドクルーザーと共にまず最初に訪れたのが小川芋銭の河童の碑であった。有賀は二年前にもここを訪れたことがある。碑の前に立つ木の枝が伸びて、以前よりも沼の風景が多少見えにくくはなっていたが、それ以外は何も変わっていない。碑の中の河童は、相変わらず膝《ひざ》を抱えながら、何かを考えるようにして沼を見つめていた。

この二日間、有賀には十分すぎるほどの考える時間があった。寝ても覚めても河童のことばかりを考えていた。夢の中にまで、顔の白い、頭に黒い皿を載《の》せた怪物が出てきては消えた。

警察は今回の事件を、人間による殺人事件として処理しようとしていることは明らかだった。だが何人かの捜査員から取り調べを受ける中で、その会話の内容から、有賀は警察の方針が厚い壁に突き当たっていることを感じ取っていた。

有賀はほんの偶然から、事件の渦中《かちゅう》へと引き込まれることになった。縁のないものと思っていた警察とも、その結果として深くかかわることになってしまった。予定外の二日間の経験から、有賀は沼に棲む正体不明の生物の存在をより一層深く確信するに至った。

その有賀の思考の中に、最後に必ず浮かび上がる一言がある。

――二年前、それ以前にはなかったことだ――。

源三と稲倉、二人の老人が口を揃えて言った、あの一言である。

生簀の網が破られたこと。三尺もある大鯉《おおごい》が半分に千切れて浮いていたこと。白鳥の羽根。少年が見たという怪物。すべてが二年前から始まった異変なのである。

単なる偶然かもしれない。だが、心に引っ掛かる何かがある。

二年前と言われても、有賀には何も思い当たることがない。当時、有賀は河童伝説の取材のためにこの沼を走り回っていた。沼は平和で、河童は伝説の中だけに存在する架空の生き物であり、ブラックバスが増えたという以外はこれといって印象に残っていることもなかった。

二年前、有賀が牛久沼の河童と初めてかかわったあの時と同じように、芋銭の河童の碑の前からもう一度出直してみようと思った。それは、たいして意味のあることではなかった。あえて言うならば、河童と共に沼を眺めているうちに、二年前にあったささいな出来事を思い出すかもしれないと考えたからにすぎない。

二年前。そして、ブラックバス。この二つの言葉が今回の河童騒動の鍵であるような気がする。だが、有賀にはその接点が思い浮かばなかった。

「おい、河童よぉ。おまえは何か、知ってんだろう……」

河童はやはり、黙って沼を見つめていた。石の河童が何も話さないことが、有賀にはもどかしかった。

沼は黄昏《たそがれ》に包まれていた。ウシガエルが、有賀の思いを嘲笑《あざわら》うかのように、太い声で鳴いた。

有賀が留守にしていた二日の間、ジャックは源三の家に世話になっていた。だが、ほとんど餌を口にしなかったらしく、体がひと回り小さくなったように見えた。

有賀の姿を見ると、ジャックは暗闇から飛び出してきて子犬のような鼻声を出してジャレついた。源三によると、夜中には狼のように遠吠えをして近所から苦情が出たそうである。源三は別れ際に、ジャックに食わしてやってくれと言って、小魚を一〇匹ほど持たせてくれた。

2

キャンピング・トレーラーに戻ってから魚を煮てやると、ジャックはそれを貪《むさぼ》るように一気に食べ切った。満足げに床に横になり、しばらくは新聞を読む有賀の顔を見つめていたが、気がつくと眠ってしまっていた。

もし自分がいなくなれば、この犬はどうなるのだろう。餌を食べないまま、死を待つのだろうか。そう考えると、ジャックに対する愛しさがこみ上げる。不思議なことに、その感覚はかつて一緒に暮らした妻に対してさえも一度も感じたことのないものだった。

ジャックはよく有賀が強い酒を飲みすぎると、怒ったように吠えることがある。有賀はそれを、ジャックが酒の臭いを嫌うからだと考えていた。

だがもしかするとジャックは、酒が体に悪いものであることを知っていて有賀を戒《いまし》めていたのかもしれない。そう考えても不自然ではないほどにジャックは頭のいい犬だった。

その夜、有賀は缶ビールを一本飲んだだけで、この二日間夢にまで見たウイスキーには手を出さなかった。

夜中に雨が降り始めた。有賀が目を覚ましたころにはすっかり本降りになっていて、いかにも梅雨らしい一日になりそうだった。

このような日には、何もやる気になれない。午前中は考えごとをしたり、テレビのニュースを見ながら過ごした。ニュースでは、きたるべき参議院選挙で保守党が不利な立場にあることを告げていた。見たこともないような政治評論家が競馬の予想屋よろしく熱弁をふるっているだけで、牛久沼の変死事件に関しては何も触れなかった。

昼を過ぎてから、有賀は稲倉正利の家に電話をいれた。沼で怪物を見たという孫の太一少年に、話を聞く約束をしてあったからだ。

電話には稲倉が出た。有賀がこれから訪ねてもいいかと聞くと、太一を行かせると言う。太一はブラックバス釣りをやるので、有賀のロッドやリールを見たがっている、ということだった。

三〇分もしないうちに、太一はやってきた。ノックを聞いてドアを開けると、そこにビニールのカッパを着た背の高い少年が自転車と共に立っていた。少年はペコリとおじぎをすると、自転車をキャンピング・トレーラーに立て掛け、中に入ってきた。

少年の顔を見た瞬間に、どこかで見た顔だと思った。だが、それを思い出すまでにさほど時間はかからなかった。

あの時の少年だ。

有賀の目の前で、見事なキャスティングでブラックバスを釣り上げ、その喉《のど》をナイフで搔《か》き切って投げ捨てたあの少年である。だが、太一は有賀には気が付かない様子だった。

有賀はあの日キャップをかぶり、サングラスをかけていた。

それならそれで、有賀には都合が良い。少年の目は明るいとは言えないまでも、あの時のような刺すような冷たさは感じさせなかった。

「カッパはそこらへんに置いとけよ。適当に座ってくれ。今、コーヒーでもいれるから」

有賀はキッチンに立って、湯を沸かすためにコンロに火を点《つ》けた。足元にあるダンボールの中をガサゴソとひっくり返し、インスタントコーヒーと粉ミルクのビンを探し出す。

少年は床に散乱した荷物を避けながら、ベッドを畳んだソファーの上に腰を降ろした。

少年は、近くにいるジャックの頭を撫《な》でている。ジャックもそれに素直に従っている。どうやら動物嫌いというわけでもないようだ。その仕草からは、ブラックバスを意味もなく殺すような少年にはとても見えなかった。

しばらくすると、少年から有賀に声をかけてきた。

「ねえ、小父《おじ》さん。ここにあるの全部、ＡＢＵでしょ」

少年はジャックを撫《な》でながら、ソファーの脇に立て掛けてある五本のバスロッドを見つめていた。ベイトロッドが三本に、スピニングロッドが二本。ベイトロッドのリールはすべてスウェーデンのＡＢＵ社のものが付けられている。特にベイトは３５００Ｃ、４６００ＣＢ、３６００Ｃと名品が揃えられている。

「ああ、そうだよ。リールはＡＢＵしか使わないんだ。なんだったら、触ってみてもいいぜ」

少年は慎重に、その中の一本、３５００Ｃの付いたロッドに手を伸ばした。

有賀はコーヒーをテーブルに置くと、ソファーの下の引き出しを開けて、中から小さな木箱を取り出した。その中にも、ＡＢＵの古いリールが二個入っている。５０００Ｃと、２５００Ｃ。どちらも現在は生産中止になっている、ＡＢＵのリールの中でも名品中の名品と言われるものだ。

５０００Cは、一九八三年にオーストラリアのノーザンテリトリーで九七センチのバラマンディーを釣り上げた。２５００Cは、その一年後にフロリダで、六二センチというブロンズバック（大きくなったブラックバス）を釣り上げている。それを機に、二個のリールは有賀個人の殿堂入りを果たし、以来使われることはなくなった。有賀は木箱の蓋《ふた》を開けると、それを黙って少年の前に置いた。

「すごい。これ、本物？」

「もちろん」

少年の目が輝いた。どうやら有賀は、無口で暗いと思われた少年の心を開くことに成功したようだった。

それからしばらく有賀は、自分が世界各国で釣りをしてきた経験を話すことに熱中した。少年もその話に夢中で聞き入っていた。オーストラリア、アメリカ、カナダ、そしてアマゾン。世界各国で幻の大魚と渡り合ってきた有賀は、牛久沼のブラックバスしか知らない少年にとって英雄そのものだった。

もし同じ条件で釣りをすれば、おそらく有賀にまったく勝ち目はないだろう。それほどに少年は、優れた技術を持っている。有賀はただ一度少年のキャスティングを目にしただけで、それを見抜いている。

だが、少年にとってみれば、自分が有賀以上の実力を持っていることなど思いもよらないことだった。有賀は雲の上の存在である。その有賀が自分の力を必要としていることがむしろ嬉しそうだった。

有賀は頃合《ころあい》を見計《みはか》らって、河童の話を切り出してみた。

「ところで、太一君は沼でへんなものを見たんだって」

「うん、見たよ。警察は信じてくれなかったみたいだけれど」

「その時のことを話してもらいたいんだ。つまりその、河童を見た時のことを……」

少年は一瞬キョトンとした顔になった。そして急に、今度は笑い出した。

「小父さん、河童がいるって本当に信じているの。そんなもの、いやしないよ。河童は伝説の中だけの怪物だもの。うちの爺ちゃんもそうだし、なんで大人はみんな、河童、河童って言うんだろう。警察の人なんか、僕がへんな動物を見たって言ったら、河童を見たのかって聞き返すんだ。面倒だから、そうだよって言ってやったんだけど」

考えてみたら当然の話だ。河童などこの世に存在するわけがないことは、有賀自身も承知の上である。時に思春期の少年は、大人が考える以上に現実的で、辛辣《しんらつ》ですらある。一本やられた感じだった。

「それじゃあ、君の見たものはなんだったんだい」

「動物だよ。何ていう動物かはわからないけれど……」

その日、太一少年は西谷田川でブラックバスを釣っていた。二年前の七月。夏休みになったばかりの暑い日の夕方だった。いつものように田船を上流から流し、葦際のポイントを探りながら下ってくると、細見橋から一キロほど下流にきたところで一本の杭《くい》が目に入った。

こんなところに、杭なんてあったっけな……。

長年この沼周辺で釣りをし、地形から水底の障害物まで、すべてを知り尽くしているはずだった。その太一が、杭を見落としていたはずはない。だいたい上流から田船を流してきて、すぐ近くに来るまで杭の存在に気が付かなかったことすら不思議である。なんだか太い杭が、突然水の中から生えてきたような気がした。

だが、杭回りはブラックバスの絶好のポイントでもある。不思議だと思った瞬間には、太一は杭に向けてルアーをキャストしていた。ルアーは狙いどおり、杭のすぐ近くに着水した。波紋《はもん》が静かに広がっていく。

その時である。杭が動いたのだ。ゆっくりと、太一を振り返るように回転した。

杭には、確かに目が付いていた。太一と、目と目が合ったような気がした。横を向くと、顔と思われる部分は、長方形をしていたように見えた。その奇妙な動物は、大きな口を開いて太一を威嚇《いかく》すると、そのまま水の中に沈んで消えた。

背中に冷たいものが走った感触を、今でもはっきりと覚えている。太一はラインを巻き取ることも忘れて、動物の消えた水面をしばらく見つめていた。

太一の見たものは、それですべてである。

「その動物がなんだったのか、わからないかな」

有賀が聞いた。太一はしばらく考えて、それに答えた。

「うん……。わからない。あんな動物、動物園でもテレビでも見たことないもの。もしかしたら恐竜の生き残りかもしれない」

河童は信じなくても、恐竜の存在は信じている。その感覚が、いかにも現代っ子らしくて面白い。有賀は思わず苦笑してしまった。

「それじゃあ目はどうだった。何か他の動物に似ていたとか、そんなことを覚えてないかな」

「そうだなあ。人間の目でもないし、魚の目とも違うし、犬とも似てないし……。わからない……」

太一はジャックの目を見ながら答えた。

「色は」

「うん、白っぽかったよ。完全に白くはなかったけど、腐って乾いた木のような、そんな色をしていたと思う」

「皿は。つまりその、頭に黒い皿は載っていなかったかな」

太一は、おかしそうに笑った。

「わからないよ。杭まで一〇メートルくらい離れてたもの。でも、皿があったら本当に河童みたいだね。黒っていうのがおかしいけど」

それからも、有賀はいろいろなことを尋ねてみた。だが、参考になるようなことは何も聞き出せなかった。ただ有意義だったのは、少年が嘘《うそ》をついてはいないと確信できたことと、少年の見た動物と木元良介が見た動物が同一のものであるらしいとわかったことである。それに少年の一言ではないが、水面から杭のように首を出している動物となると、あの有名なネス湖のネッシーと確かに共通点はある。ただし、大きさはネッシーほど大きくはないらしいが。

「僕の言ってること、信じてくれるの」

「もちろんだとも。信じてるからこそ、こうしてわざわざ来てもらったんじゃないか」

太一は、うれしそうに笑みを浮かべた。

「ところで、君と同じようにへんな動物を見たとか、捕らえたとかいう友達、他にいないかな」

「うん、いるよ。僕の知ってるだけでも三人はいる」

「その友達に、明後日の日曜日にここへ来て話を聞かせてくれるように頼めないかな」

太一がちょっと困ったような顔をした。何か不都合な事情があるらしい。それを見て、有賀が続けた。

「なあ、頼むよ。ただでとは言わないからさあ。もし呼んできてくれたら、ここにあるABUのリール、好きなの一個あげるよ」

「本当に」

「本当さ」

「2500Cでもいいの」

今度は有賀が言葉をつまらせた。2500Cは、有賀が最も大切にしているリールだ。まさかそれをくれと言われるとは、計算していなかった。だが、今は情報を得ることが第一である。それにあの見事なキャスティング技術を持つ太一に、ABUの名品と言われる2500Cを使わせてみたい気もした。

「いいよ。もし頼みを聞いてくれたら、この2500Cは君のものだ」

「でも……。みんな、来てくれるかな……」

「わかった。それじゃあ来てくれた友達には、この中から好きなルアーを一個ずつお礼にあげるよ」

そう言うと、有賀はタックルボックス——プラノの787——をテーブルの上に置き、太一に開いて見せた。中には、やはりリールと同じように珍しいルアーがぎっしりと詰まっている。

「すごいや」

太一はタックルボックスの中身を見て、思わず声を上げた。目が、輝きを取り戻した。

「わかった。やってみるよ」

「君にもあげるよ。今日のお礼だ。好きなの一個、持ってけよ」

太一の目が輝いた。慎重に選んだ末に、中からヘドンのタイガーのレッドヘッドを取り出した。そして、にっこり笑った。その笑い顔を見て、自分の息子、九歳になる雄輝《ゆうき》の顔が有賀の脳裏《のうり》をかすめた。

コーヒーの最後の一口を飲み干すと、太一はルアーをティッシュにくるんでシャツの胸ポケットに入れ、立ち上がった。そしてカッパを手に取り、帰り支度《じたく》を始めた。太一の機嫌《きげん》は、完全に元に戻り明るかった。

有賀は、その太一の様子を見て、もうひとつの心の蟠《わだかま》りをぶつけてみる気になった。

ドアから出ようとしている太一に、有賀は声をかけた。

「太一君。もうひとつだけ聞きたいことがあるんだ。この間、沼でブラックバスを釣って、殺して捨てちゃったろ。どうして、あんなことするんだ」

太一が有賀を振り返った。その時になって、初めて有賀が東谷田川で自分に声をかけてきた男であることに気がついたようだった。

太一は黙って有賀の目を見据《みす》えた。顔から、血の気《け》が引いていくように見えた。あのブラックバスを殺した時と同じように、暗くて冷たい目をしていた。

太一は無言のまま、ドアから出ていった。有賀もまた、あえてそれを追おうとはしなかった。

3

太一少年と会ったことは、有賀に予想以上の収穫を与えてくれた。

太一と木元良介が同じものを見ているということは、すなわち沼に何者かが存在することの証明となる。河童なのか、それともまったく別の動物なのか、今はまだ何とも言えない。だが、沼に正体不明の動物が潜んでいることだけは確かなようだ。

それに、太一の他に何人かの少年が見ていることも興味深い。有賀は長年のルポライターとしての経験から、少年の持つ情報がいかに無視できないものであるかを知っていた。物事に対する素直な興味と行動力。観察力。そして学校や遊び場などの情報交換の場が、大人の世界にはない発想を生み出すのだろう。

しかも、少年の言葉は大人のそれと異なり、嘘と真実を容易に見分けられるという特徴もある。時に少年が無心で語る言葉の中に、既成の概念をも打ち破る物事の本質が隠されていることがある。

太一は自分の見たものを、恐竜の生き残りかもしれないと言った。もちろん、その可能性はほとんどゼロに近い。河童の存在と同じレベルで考えるべきものである。だが少なくとも太一は、自分の見たものを恐竜に似ている、と感じたわけだ。その事実だけは無視するわけにはいかない。

有賀は、今度はどのような少年が現れて、どのような話を聞かせてくれるのか、それが楽しみだった。もし不安な点があるとすれば、太一が立ち去る時に見せたあの冷たい目である。大切な時に余計なことを言ってしまったようだと、有賀は少し後悔していた。

それに、太一は有賀が友達を呼んできてくれと頼んだ時にも、何か不都合なことがあるような表情をした。それもなんとなく気に掛かっている。いずれにしろ、今はＡＢＵ・２

500Cの魅力に賭《か》けてみるより他に方法はないのだが。

だが、その心配も有賀の思い過ごしだったようだ。太一と会った二日後、その日は日曜日ということもあり、有賀が朝起きてキャンピング・トレーラーの外に出るとすでに二人の少年が待ちかまえていた。

二人はよく似た顔をしていた。おそらく兄弟なのだろう。兄が太一と同じくらいの年ごろで、弟は小学校の高学年くらいに見えた。

最初は二人とも、有賀の顔を見て怪訝《けげん》そうな顔をしていた。薄汚いキャンピング・トレーラーの中から、無精髭《ぶしようひげ》を生やした大男が出てくれば警戒されるのも当然である。それに、有賀は自他共に認めていることだが、日本人離れした人相《にんそう》の悪い顔をしている。見方《みかた》によっては人さらいか、犯罪者にだって見えかねない。

有賀は、にこりと笑い、まるで若い女を口説《くど》く時のように精一杯愛想《あいそ》の良い顔をした。一度トレーラーの中に戻り、タックルボックスを持ってきて二人に見せると、やっと警戒を解いてくれたようだった。

少年達は、藤田義則《ふじたよしのり》と正則《まさのり》と名乗った。やはり兄弟である。この沼の周辺に住む少年の常であるように、ブラックバスを釣るのを趣味としている。例のものを見た時も、二人は西谷田川で釣りをしていた。

兄弟はそれを〝ゴミのようなもの〟だと言った。

細見橋の下でルアーをキャストしている時に、それはゆっくりと川の中央を流れてきた。最初は流木か、田船の残骸《ざんがい》でも流れているのだと思って気にもとめていなかった。

おかしいと気がついたのは、弟の正則の方である。そのゴミのようなものは、なんと下流から上流に向かって、つまり流れと逆に進んでいたのである。

兄の義則が、足元にある石を拾って投げてみた。石は目標には届かずに、その二メートルほど手前に落ちた。その瞬間ゴミのようなものは、がぽん……という大きな音を残して水中に姿を消した。

有賀が大きさを尋ねると、弟の正則が元気よく両手を広げ、このくらい、と言った。色は黒っぽく、背中に三角の山のようなものが三つか四つあって、ゴッゴツした感じだったと兄の義則が説明する。どうやらこれも、太一や木元良介が見たものと同一であるらしい。稲倉老人が木元から聞いた、背中がギザギザだったという言葉が、有賀の頭に浮かんできた。

兄弟は正確な日時を記憶していなかった。最初は二人でいろいろと言い合っていたが、結局は二年前の夏休み頃ではなかったか、ということになった。その日、家に帰りさっそく両親に話してみたが、まったく相手にされなかったらしい。野村事件の次の日、たまたま風邪で学校を休んでいた正則が警察に電話をかけたが、やはりそこでも取り合ってもらえなかった。

　正則はまだ幼いのだろうか、自分の見たものを河童だったと信じている。だが、兄の義則は大きな魚か、恐竜の背中のように見えたと冷静に分析している。これもまた、太一の意見と奇妙に一致する。

　それにしても、また二年前か。有賀には二年前の一言が、心の奥底にどうも引っ掛かってならない。それがキーワードになって、何かを思い出しそうなのだが、寸前《すんぜん》のところで出てこないのである。

　午後になって、もう一人少年がやってきた。少年は大きなダンボールを自転車の荷台に積んでいた。河童を見たわけではないが、ミドリガメの怪物のようなカメを捕まえたので見てほしいと言う。ダンボールを開けると、中には甲長二五センチもある立派なミシシッピーアカミミガメが一匹入っていた。

　これは正にミドリガメの怪物そのものだった。ミドリガメとは、ミシシッピーアカミミガメの幼体時のコマーシャルネームである。

　アメリカのルイジアナ州などで養殖されたアカミミガメは、ミドリガメの名で毎年二〇〇万匹もの数がペットとして日本に輸入されている。幼体は色も美しく、安価で、子供たちに人気がある。だが成長すると色も姿もかなりグロテスクになり、性格も凶暴になってくる。一般にミドリガメはあまり大きくならないと信じられているが、最大では甲長三五センチ、体重五キロ近くにまで成長する。

ペットとして飼えなくなったアカミミガメが、それを動物愛護と信じる無神経な飼育者によって放され、現在では南は沖縄から北は青森まで、日本全国の池や沼に棲息するようになった。成田山《なりたさん》の新勝寺《しんしようじ》や、大阪《おおさか》の四天王寺《してんのうじ》などの亀池の亀は、今やその九割までがこのアカミミガメであると言われる。

アカミミガメは生活力旺盛《おうせい》で、水の汚染にも強く、日本古来のクサガメやイシガメが生きていけないような環境にも適応する。このまま殖《ふ》え続ければ、いずれはブラックバスと同じように日本の自然や水産資源に莫大《ばくだい》な被害を及ぼすことになるだろう。

南アフリカでは、ペットとして飼っていたアカミミガメを放すと法律で罰せられる。野《の》良《ら》亀は見つけ次第、殺すことが義務づけられている。だが日本ではまだ珍しい亀が殖えたことを喜んでいるだけで、その有害性に対する意識は高まっていない。

アカミミガメが牛久沼にいたこと自体は、有賀にとって不思議でもなんでもないことだった。その生活圏の広さを考えれば、十分にあり得ることである。むしろ、興味深いのはアカミミガメ、ブラックバス、ブルーギル、ウシガエル、アメリカザリガニ等、北米産の水棲動物だけで完全に沼の食物連鎖が成り立っている事実である。

冷静に考えてみれば、これは恐ろしいことだ。はたしてこの沼が日本なのか外国なのかわからなくなってきた——源三老人の言ったその言葉を、有賀は現実のものとして実感していた。

その亀がミドリガメの成長したものであることを教えると、少年は目を丸くして驚いていた。一週間ほど前に、ドバミミズを餌に鯉《こい》釣りをしていて釣り上げたという。それ以来飼っているのだが、パンくずや野菜をやってもほとんど食べないと心配している。生きたザリガニか、ブラックバスの切り身をやってみろと教えると、少年は喜んで帰っていった。鯉や鮒《ふな》でも食べることはあえて教えなかった。

それからの三日間に、何人かの少年が自分の体験談でルアーをせしめるために有賀を訪れた。そのほとんどは太一から直接話を聞いたのではなく、仲間内の噂を頼りにやってきたらしい。キャンピング・トレーラーに住んでいる人に河童の話をすれば、ルアーがもらえる。たった三日間で、そのような噂が沼周辺に住む少年達の間に広まっているようだ。あらかじめ予想はしていたことだが、少年達のエネルギッシュな情報力に有賀は驚かされた。

これも予想していたことだが、明らかに作り話とわかるものも少なくはなかった。ルアーという賞品に目がくらんで、嘘をついたのだろう。少年にはありがちなことだ。

中には全長二メートルもある大きなブラックバスがいて、それが犬を丸呑《まるの》みにするところを見たという話まで飛び出す始末だった。嘘を見抜かれた少年達は、誰もみな悪びれた様子も見せず、てれ笑いを残して立ち去っていった。

あれ以来、太一は一度も有賀に連絡をよこさなかった。太一のものとなるべきABUの2500Cは小さな箱に納められ、有賀のデスクの上で新しい持ち主を待ち続けていた。

金曜日に降り始めた雨は、木曜日まで降り続いた。午前中はまだ厚い雲が空を覆っていたが、午後になってやっと晴れ間が顔をのぞかせるようになった。有賀は久し振りにロッドを手にし、夕方の二時間ばかり丘からルアーをキャストしてみた。だが、水温が下がっているためか期待したほどの釣果《ちょうか》は得られなかった。

それでもノーシンカーのワームで丹念《たんねん》にポイントを攻め、三〇センチほどのバスを一匹上げ、ジャックの食いぶちだけは確保することができた。キャンピング・トレーラーに帰り、釣ったバスを捌《さば》いていると電話が鳴った。電話は源三からだった。

――よぉ、わしじゃよ。元気にしとるかね――。

「ああ、元気だよ。また急にどうしたんだい」

――今日、漁をしていて久し振りに鯰《なまず》が網に入ったんだ。これがまた大した大物《おおもの》でな。

婆さんと二人で蒲焼《かばやき》と天麩羅《てんぷら》にでもしようと思っとるんだが、どうも食い切れそうもない。どうだ、酒でも一本ぶら下げて食いにこんか――。

「まったく爺さんらしいな。客に土産《みやげ》を持ってこいって催促《さいそく》するのは、あんたくらいだぜ。わかった行くよ。酒はなんでもいいだろう」

――結構だ。なんだったら〝れみいまるたん〟でもいいぞ――。

そう言って、源三は電話を切った。考えてみると警察から帰ってからというもの、ビール以外の酒はまったく口にしていないことを有賀は思い出した。今でも不思議と強い酒を飲みたいとは思わないが、相手が源三ならば悪くはない。

手持ちの中から適当な日本酒をみつくろって、有賀はジャックと共にカヌーに乗った。源三の家は、東谷田川の対岸の下岩崎にある。車だと上流の橋を渡るために五キロほど走らなければならないが、カヌーなら一〇分で行ける。庭先が、漁に使う田船のための船着場になっている。誰が見ても捨ててあるとしか見えないようなぽんこつの田船の脇にカヌーを寄せると、例のごとくジャックが先に飛び降り、待っていた源三にじゃれついた。

「よぉ、爺さん。ほれ、土産だ」

有賀はカヌーから降りると、持っていた日本酒を源三に手渡した。

「ほお、剣菱《けんびし》か。悪くないな」

源三は酒を大事そうに抱《かか》えると、それを縁側《えんがわ》に置いた。そして、有賀を手で招いた。

「ちょっとこっち来て、見てみろや」

庭の奥に、セメントで囲った生簀《いけす》がある。源三はその生簀に向かって歩き出した。有賀もそれに続いた。生簀は沼で獲った鯉などを、泥を吐かすために入れておくものである。泥を食ったままでは商品にならないからだ。生簀はブロックで五つに仕切られていて、左から三番目までが鯉、四番目が鮒、そして五番目に問題の鯰が入っていた。

確かに大きな鯰だった。六〇センチはあるだろう。よくビール瓶のような大鯰と言うが、それは有賀の持ってきた日本酒の一升瓶と同じくらいに見えた。しかも北米産のチャンネルキャットではなく、純日本産の本物の鯰である。

源三は大きな網を持つと、それを馴れた手付きで掬《すく》い上げた。

「どうだ、脂《あぶら》が乗ってて旨そうだろうが。こんな鯰、年に何本も獲れんぞ。ひっひっひっ……」

源三は網を肩に担ぎ、小走りに家に向かった。大鯰が網の中で暴れると、源三の小柄な体が振り回されるようによろける。有賀はその姿を笑いながら見ていた。

有賀は生簀に目を戻した。生簀の中では、五〇センチ前後の鯉が何匹も、何事もなかったように悠々《ゆうゆう》と泳いでいる。空《から》になった五番目の生簀だけが、なんとなく淋しく感じられた。

その時、有賀は空になった生簀を見ながら、二年前のささいなことを思い出していた。あの時、二年前に最初にこの生簀を見た時にも、四番目までは今と同様に鯉や鮒が泳いでいた。だが、五番目の生簀には確かブラックバスが群れをなして泳いでいたはずだ。その光景が有賀の頭に、鮮明に浮かび上がってきた。

だが、源三はなぜ売れもしないブラックバスを生簀に入れていたのだろうか。ブラックバスは食えないと、当の源三自身が信じているのである。

小さな疑問だった。だが、その疑問が今回の河童の正体を知る上で重要な鍵になっていることに、有賀はまだ気が付いていなかった。

無人島の秘密

1

水戸《みと》市元吉田《もとよしだ》――。

閑静な住宅街の一角に、その古い洋館はあった。

おそらくは戦前に建てられたものであろう。以前は瀟洒《しょうしゃ》な邸宅《ていたく》であったことを偲《しの》ばせるが、今は荒れるにまかせている。湿気を含んだ、体にまとわりつくような空気が、夕刻の暗澹《あんたん》とした光と共に洋館を押し包んでいた。

蔦《つた》の這《は》う石の門柱《もんちゅう》に、「大田」と刻まれた大理石の表札が埋め込まれている。これもまた、かなり古いものだ。阿久沢健三は、表札の文字を確かめてから、その脇にある呼び鈴のボタンを押した。

しばらくして玄関の中に明かりがつき、重厚なドアが押し開けられた。だがその隙間から顔を出した人物は、阿久沢の予想に反してこの洋館とは不釣《ふつ》り合《あ》いな雰囲気《ふんいき》をした現代的な娘であった。年齢は二二、三歳だろうか。その清楚《せいそ》な美しさに、阿久沢は一瞬目を奪われた。

「あ、すみません。つくば中央署の阿久沢と申しますが、水戸医大の大田先生はいらっしゃいますでしょうか」

「はい。お待ちしてました。どうぞお上がり下さい」

そう言うと娘は屈託《くったく》のない笑顔を残し、玄関の外に出て門を開けた。

法医学者、大田浩信《ひろのぶ》。年齢は五九歳。性格は偏屈《へんくつ》だが、仕事の内容には定評がある。阿久沢の大田に関する知識はその程度のものだ。

今回の河童事件で、被害者の解剖《かいぼう》を担当したのが大田だった。事件の翌日、捜査会議の中で一度顔を合わせただけで、白髪《しらが》であったということ以外は顔すらも記憶にない。その大田を自宅にまで訪ねたのは、阿久沢にしてみればよくよく思い余っての結果だった。

捜査が難航していた。事件当時、殺人事件としてスタートした捜査方針は、完全に壁に突き当たっていた。

目撃者の木元良介を重要参考人として事情を聴取し、共犯者の疑いのある有賀雄二郎を別件で逮捕したところまでは順調だった。特に阿久沢が単独で有賀を逮捕した時には、捜査本部内の気勢は一気に盛り上がった。阿久沢を目の敵《かたき》にしていた副本部長の長富ですら、まるで自分の手柄《てがら》のように喜びを露《あらわ》にしていたのである。

だが調べてみると、有賀はまったくのシロだった。確固たるアリバイがあり、また凶器として押収したチェーンソーからも何も出なかったのだ。

有賀は二日後に釈放された。その前日には、木元良介も容疑者から外されている。第一目撃者を容疑者として追及できなかったことにより、殺人事件としての可能性を捜査本部は完全に放棄したことになる。

それを機に、県警からの応援部隊はほとんどが手を引くことになった。副本部長の長富も現在では県警本部に戻り、日に一度捜査の進展状況を電話で尋ねてくるだけである。長富に言わせれば、今回の捜査をメチャクチャにしたのは阿久沢を始めとするつくば中央署の人間、ということになる。情報や目撃証言もあいかわらず皆無《かいむ》に等しく、捜査はまったく行き詰まっている。

殺人でないとすれば、野村はなぜ死んだのだろうか。やはり木元は、河童を見ているのだろうか。今や阿久沢は、一警察官としてだけではなく、自分個人の問題として今回の事件に没頭《ぼっとう》していた。だが何をきっかけとして、何を調べればいいのか。自分のやるべきことがまったくわからない。考えたあげく阿久沢の頭に浮かんだのが、野村の解剖を担当した大田の名前だった。

阿久沢は娘の後について、洋館に入っていった。玄関を上がると、すぐそこが大広間になっている。何も無い、まるで病院の待合室のような殺風景な部屋である。そういえば門や玄関の造りも、なんとなく医院を連想させるようなところがある。

その部屋を通り抜けると、長くて暗い廊下が続いていた。古い建物によくあるカビ臭さが、つんと鼻を突いた。阿久沢は黙って歩き続けた。

しばらく行くと、娘は中から光の漏《も》れているドアの前で立ち止まった。そのドアを軽くノックする。

「お父さん、阿久沢さんがお見えになりましたよ」

「おう、そうか。入ってもらってくれ」

中から確かに聞き覚えのある嗄《しわが》れた声が聞こえてきた。娘はドアを開け、阿久沢を招き入れた。

「お久し振りです。先ほど電話を入れましたつくば中央署の阿久沢です。お忙しいところ、申し訳ありません」

「なに、ちっとも忙しくなんかない。まあそこへ座ってくれ」

部屋は落ち着いた感じの応接間だった。その中央に、古いがしっかりとした造りの応接セットが置かれている。大田は、正面の革のソファーに座っていた。中央にはローズウッドのテーブルがあり、その上にはブランディーの瓶が一本と、グラスが二個用意されている。大田のグラスは、すでに琥珀《こはく》色の液体で満たされていた。阿久沢は大田の正面の二人掛けのソファーに腰を降ろした。

「まあ一杯いこう」

そう言うと大田はブランディーの瓶を手にした。

「いや、申し訳ありませんが職務中ですから」

「何を堅《かた》いことを言っとるか。もし素面《しらふ》で話せというなら、捜査会議で話したところまでだぞ。それ以上は長富君に口止めされておる」

阿久沢はしばらく考えた。

「わかりました。いただきます」

「そうこなくっちゃいけない。だいたい、飲める口だろうが」

大田はうれしそうに阿久沢のグラスにブランディーを注いだ。ヘネシーのファイブスターである。大田が見抜いたように、確かに阿久沢は酒を嫌いな方ではない。それに身長一七八センチ、体重八二キロの巨躯《きょく》である。その気になれば、ボトル一本くらいは楽に空ける。

それにしても評判どおり、大田は偏屈な男のようだ。だがそれほど付き合い辛い男でもないようである。ボサボサの白髪や、眼光《がんこう》の鋭《するど》い大きな目は異様な印象を与えるが、少なくとも阿久沢の苦手なタイプではない。

「先ほどの女性は、娘さんですか」

「ああ、そうだ。美人だろう。しかし警察官にやるつもりはないぞ」

「はあ……。わかってます。自分ももう女房も子供もいますから」

「それならよろしい。一〇年前に妻に先立たれてな。あれがいなくなると不便だから、どっちみちしばらくは嫁にやる気はないんだ」

そう言って、大田は自分のグラスを一気に飲み干した。阿久沢も意を決して、それに倣《なら》った。どうやら大田は、この広い家に娘と二人で暮らしているらしい。

「ところで話というのは何かね。私は腹が減っている。早いとこ用件をすましてしまおうじゃないか」

「はい。実はあの、野村国夫《の》の解剖所見《しょけん》に関してのことなんですが……」

「うむ。あれは捜査会議で述べたとおりだ、などと言っても納得しないんだろうな。それで、何が聞きたいんだ」

「不自然な切断部分と、背中に残っていた引《ひ》っ掻《か》き傷《きず》のようなもの、というのが気になっています。つまり、これはもちろん非公式にでかまわないのですが、先生は害者《がいしゃ》の死因についてどのようにお考えかと……」

「そうか。ずばり核心を突いてきたな。君は確か、あの会議の席で動物が喰った可能性について質問してきた刑事さんだろう」

「はい、そうです。あの時は長富副本部長に水を差されてしまいましたが……」

「長富君か。彼はどうも既成概念《きせいがいねん》に縛られるところがあるからな。ま、良くも悪くも日本の警察官の典型だよ。ところで今でも君は、動物が喰ったと信じているのかね」

「信じているとは言えませんが、現段階ではそう考えるのが最も自然かと……」

大田はグラスを口に運んだ。そして腕を組み、しばらく目を伏せて考え込んだ。かなり長い時間、大田はそのままの姿勢で黙っていた。阿久沢もブランディーを口に含みながら、大田が口を開くのを待った。

「その可能性は、大いにある。ただし、疑問がまったくないわけではない」

「と、言いますと」

「あの仏さんは、確かに異様だったな。長いことこの仕事をしているが、ああいうのは初めてだ。骨はすべて関節から外されているし、筋肉の組織を見ても刃物が使われた形跡はまったくない。一言で表現するなら、引き千切ったとしか考えられないんだ。以前、北海道で起きたヒグマの被害者の解剖所見に、たいへんよく似ていることも確かだ。

しかし不思議なのは、欠損部分が上半身、という点なんだよ。ヒグマでもトラでもライオンでもそうだが、肉食動物は獲物を必ず腹から喰う。頭はよほどのことがない限り、残すものだ。もちろん河童が人間をどこから喰うのかまで、わからんがね」

「そうですか……。動物の気紛《きまぐ》れで頭から食べたと考えるのも、不自然ですしね」

「それに前にも言ったはずだが、トラやライオン、ヒグマにしたって、水の中には棲《す》めないんだよ。たとえ犯人が動物だと仮定しても、その種類まではまったく見当もつかない。SF小説じゃあるまいし、魚や亀やザリガニが巨大化したもの、などと言ったら笑われるしな。それよりまだ、河童のほうが現実味がある」

「難しいですね」

「ああ、難しいな」

その時ドアをノックする音が聞こえた。

「すみません、失礼します。お食事を持ってきました」

ドアが開き、料理の載った盆《ぼん》を持った娘が入ってきた。皿を二枚と、サラダボール、ナイフ、フォークなどをテーブルに並べていく。阿久沢にはその方面の知識はまったくないが、料理は美しい皿に盛られた上品な肉料理で、フランス料理のようなもの、と感じられた。食事もまた、酒と同じように、辞退するわけにもいかないようだ。

「あらためて紹介しよう。これは娘の京子《きようこ》、今は学園都市《がくえんとし》の大学に通っている。こちらはつくば中央署の阿久沢君。警察で、河童の研究をしていらっしゃる」

「はじめまして。阿久沢です」

阿久沢は立ち上がって、頭を下げた。京子はただ笑いながら挨拶《あいさつ》をして、部屋を出て行った。それを待っていたように、大田が口を開いた。

「まったくなんだ、この料理は。またわけのわからんもの作りよって。どうして最近の娘は、煮物とか焼き魚とか、まともなものが作れんのかね……」

大田は突然フォークを手に持ち、肉の塊を突き刺すと目の高さまで持ち上げた。両方の目を大きく見開き、その肉をまじまじと観察する。そして匂いを嗅《か》ぐ。

「まあ、死体よりは旨《うま》そうだな」

そう言うと、大田は肉を皿に戻した。その様子を見ながら、阿久沢は大田が死体を解剖する姿を想像していた。腹は減っているのだが、なんとなく食欲が消えうせていく。

グラスに残っていたヘネシーを、阿久沢は一気に喉に流し込んだ。

2

阿久沢が大田を訪ねた同じ日に、有賀は漁師の源三の家にいた。源三が網で上げた大ナマズを老妻の文子《ふみこ》が料理し、それを肴に酒を飲み、三人で和やかな時を過ごした。例のごとく有賀は飲みすぎ、これもまた例のごとくジャックが戒《いまし》めるように吠えた。結局夜中の一時を回ったころ、有賀はカヌーでキャンピング・トレーラーに戻った。だが、その時のことを有賀はあまりよく覚えていない。夜風が冷たくて、心地よかったような印象が断片的に残っているだけである。

次の日の朝、まだ酒の毒と戦いつつ堕落《だらく》した眠りを貪っている最中に、有賀は電話の呼び出し音でそれを中断された。時計を見ると、六時である。ベッドから腕だけを伸ばし、携帯電話の受信ボタンを押すと、つい数時間前までいっしょに酒を飲んでいた源三の声が聞こえてきた。

——よお、生きとったか。元気かね——。

「生きとったかじゃねえよ。今、何時だと思ってんだよ。まだ六時だぜ」

——なに、昨夜酔っぱらってカヌーで帰ったからな。河童にでも食われてやしねぇかと思って電話しただけだよ。どうだ雄二郎、今から鯰を獲りに行かんか。天気もいいぞ――。

「冗談じゃねえよ。まったくタフな爺さんだな。勝手に一人で行ってこいよ」

――そうか。残念だな。また太いのが獲れたら呼んでやるよ。今度は〝れみいまるたん〟を持ってこいよ――。

源三はそう言って電話を切った。あの爺さんは昨夜、有賀と同じペースで一時近くまで酒を飲んでいた。それが六時にはもう起きていて、今から漁に行くという。まったく七〇歳とは思えない体力である。

「まだ当分くたばりそうもないな」

有賀はベッドに横になったまま呟くと、にやりと笑った。

それからまたしばらくベッドの中で微睡《まどろ》み、一〇時を過ぎたころになってやっと起き上がる決心がついた。待ちわびていたジャックに餌をやり、濃いコーヒーを一杯飲むと、本格的に朝になったような気分になってくる。

前夜のうちに決めていた行動を、さっそく開始することにした。デスクの上に置かれたままになっているABUの2500Cを、太一に届けてやるつもりだった。ついでに有賀は、手持ちのロッドの中から手頃なベイトロッドを選び出し、それも太一にプレゼントすることにした。それほど高価なものではないが、一応はカーボンロッドである。

それまで有賀は、太一がリールを取りにこないのなら勝手にするがいい、と思っていた。何もこちらからわざわざ届けてやる義理もない。

だが昨夜、源三夫婦から話を聞いて考えが変わった。太一のあの冷たい目。毎日学校にも行かず釣りばかりしていること。意味もなくブラックバスを殺す理由。すべてを、源三夫婦の話の内容によって知ったからである。

太一の父、稲倉正男《まさお》は川漁師だった。一時《いちじ》は源三と並び、この沼でも最も腕利《うでき》きの漁師としてその名を知られていた。彼は自分の父、太一の祖父にあたる稲倉正利の後を継ぎ、一八歳の若さで漁に出た。昭和三七年のことである。当時はまだ沼の水質も安定していて、ブラックバスという魚の存在すらも知られていなかった時代である。沼周辺では少しずつ観光地化が進み、川魚の需要も増え、川漁師が最も景気の良かった頃でもあった。

恵まれた時代背景の中で、正男はめきめきとその頭角《とうかく》を現した。一年を通じて鰻、鯰、鯉などの大物だけで生計《せいけい》を立てる手腕《しゆわん》にも定評があったが、何よりも進歩的な考え方をすることで他の漁師仲間からも一目《いちもく》置かれていた。独力で新しい道具を開発し、他の地方の技術も進んで導入する。そのためには設備投資を惜しまず、また確実に漁果《りようか》も上げていった。

正男は三〇歳で八歳年下の奈津美《なつみ》と結婚した。ちょうど正男の川漁師としての最盛期で、通いつめていた市内のスナックで働いているところを見初《みそ》めたのである。その翌年に、長男の太一が生まれた。

　奈津美は美しい女だった。太一の顔立ちが美しいのも、その血を受け継いだものである。派手好きで、あまりにも都会的な性格から悪く言われることはあったが、何よりも正男本人は惚れ込んでいた。それまでの一二年間、漁一筋に打ち込んできた正男にとって、奈津美がどれだけ大切な存在であったかは想像に難《かた》くない。

　すべてが順調のように思えた。家庭を持ったことで、より一層漁にも力が入るようになった。だが絶頂の時は、そう長くは続かなかった。

　昭和五〇年代に入り、それまでも少しずつ問題化していた沼の水質汚染《おせん》が表面化し始め、追《お》い討《う》ちをかけるようにブラックバスが猛威《もうい》を奮いだした。まず最初に鰙《わかさぎ》、持子《もつご》、テナガエビなど、沼の名物として知られていた小魚が姿を消した。そして正男の生活の軸《じく》となる鰻も、年ごとに水揚《みずあ》げが減少するようになっていった。

　漁師仲間が廃業を余儀《よぎ》なくされていくなかで、正男だけはあきらめなかった。鰻がいなくなったのなら、自分達の手で殖《ふ》やせばいい。漁協の協力を得て、また自らの私財《しざい》も擲《なげう》ち、正男は鯰の稚魚の放流に力を注《そそ》いだ。

　漁でしか生きられない不器用な男だった。生まれ育った牛久沼に対する悲痛なまでの思い入れもあった。川漁師としての信念が正男をこの世界で大成《たいせい》させたのだとすれば、それが逆に仇《あだ》となることもある。正男がすべてを賭《か》けて放った稚魚は、結局ブラックバスを太らせただけで、それ以上のものは何ももたらしてはくれなかった。気が付くと、正男には莫大な借金だけが残っていた。

昭和五九年二月、小雪の舞う寒い朝に、正男は三九歳の若さでこの世を去った。酒を飲んだ末《すえ》に漁に出て、沼に落ちたのである。

事故死であると言われるが、本当のところは誰にもわからない。妻の奈津美はその三カ月前に、町で知り合った若い男と出奔《しゅっぽん》していた。

正男の死後、太一は祖父の正利と叔父《おじ》夫婦の住む実家に引き取られた。だがそれまではどちらかと言えば活発だった太一の性格は、殻《から》を閉ざしたような寡黙《かもく》な性格に急変した。ショックのためか、父の死から一カ月間は一言《ひとこと》も話をしなかったほどだと言う。

正男は生前、沼で網に入ったブラックバスをすべて持ち帰り、庭に掘った大きな穴に捨てていた。一匹ずつゴム長靴で踏み潰し、穴に蹴り入れる様子は、傍《はた》から見ていても異様な光景だった。夏場には腐敗したブラックバスの臭気が、かなり離れた場所にまで流れてきた。

太一は、それを見ながら育った。その太一に、なぜ釣り上げたブラックバスを殺すのかを問うことはあまりにも愚問である。

有賀がブラックバスを殺すのは、あくまでも食うためである。食わない分は、たとえ自分が釣り上げた獲物であっても沼にリリースする。特にスポーツフィッシングのルールを意識しているわけではないが、それが命のあるものに対する最低限度の礼節《れいせつ》であると信ずるからである。

だがもし仮に、ブラックバスを殺すことによって日本古来《こらい》の生物が全滅をまぬがれるのであれば、太一の行為も強《あなが》ち否定はできない。一匹のブラックバスは、一年間に数百匹もの小魚を丸呑《まるの》みにする。その一匹を殺すことにより、少なくとも餌になるべき数の小魚の命を確実に救ったことになる。

太一の行為を初めて目撃した時、有賀は少なからず怒りを感じていた。だが今は、殺した側も殺された側も、ただ哀れに思えるだけだ。それよりも、ひとかけらの思想を持つこともなくブラックバスを釣っていた自分に、むしろ腹立たしさを感じる。

有賀はロッドとリールを持って外に出ると、それをカヌーに積んだ。源三の言ったとおり外はよく晴れていて、強い日差しが目に眩《まぶ》しかった。

草いきれが、つんと鼻を突いた。微風に乗って、まるで晴れ間を待ち望んでいたかのように、モンシロチョウが飛びかっていた。西の空には、盛夏を思わすような積乱雲《せきらんうん》が立ち昇っている。

気が付くと、いつもまっ先にカヌーに飛び乗ってくるはずのジャックの姿が見えなかった。二、三度大声で名を呼んでみたが、戻ってこない。

またきっと、どこかをほっつき歩いているのだろう。ここ数日間、そんなことが何回かあった。朝飯を食うとそのまま飛び出していって、夕方腹が減る頃になると帰ってくる。

忠実な犬である。だがジャックにも、人間が立ち入ることのできない世界がある。

有賀は久し振りに一人でカヌーに乗った。いつもはジャックやタックルボックスで雑然としているカヌーが、今日だけはいやに殺風景《さっぷうけい》に見えた。葦の狭間《はざま》から漕《こ》ぎ出して、鏡面のような沼に出ると、カヌーはいつもとは別物のように軽快に進んだ。東谷田川を下り、泊崎を迂回《うかい》して西谷田川を遡る。事件直後のような喧噪《けんそう》に満ちた慌《あわ》ただしさはそこにはなく、今はただ静かなだけの沼が広がっていた。

途中で釣り人のボートに出会った。近くを通り過ぎる時に、「釣れますか」と声を掛けてみた。だがその男はラインの先にルアーを結びながら、力なく首を横に振った。

細見橋を過ぎて一〇〇メートルほど上流に行ったところで、有賀はカヌーを右の岸に寄せた。この辺りから稲倉の家まで、歩いても僅《わず》かな距離だと聞いている。カヌーを岸に引き上げ、適当な杭を見繕《みつくろ》って舫《もや》うと、ロッドとリールを持って土手の上に登った。

目の前に、田植えを終えたばかりの平和な田園が広がった。小高《こだか》い丘に囲まれた、小さな箱庭のような風景である。

丘陵《きゅうりょう》の下に、何軒かの農家が集まっている。たぶんその辺りだろうと見当を付け、有賀は細い畦道《あぜみち》を歩き出した。まだ乾ききっていない道に一歩ずつ足を踏み出す度に、草の中からトノサマガエルが飛び出して水音と共に田の中に消えた。

しばらく行くと、畦道の脇で小柄な女性が野良仕事をしていた。頭に白い布を被《かぶ》り、前屈《まえかが》みで仕事をしていたためか、有賀が声を掛けるまでその存在には気が付かなかったようだった。

「すみません、この近くに稲倉さんというお宅はありませんでしょうか」

その声で、女性はゆっくりと腰を伸ばし、右腕で額《ひたい》の汗を拭《ぬぐ》った。まだ若い。三〇代だろうか。満面に素朴《そぼく》な笑みを湛《たた》えている。

有賀の人相にも、見ず知らずの男が突然自分の前に現れた事実にも、まったく警戒する様子は見せなかった。

「はい。あそこに見える三軒の家の、一番右がそうですけれども、うちに何か御用ですか」

のんびりと、一言ひとことを嚙《か》み締めるように話す。おそらくこの女性が太一の叔母《おば》なのだろう。

「あの、有賀という者ですが、先日稲倉正利さんにお世話になりまして……」

「ああ……わかりました。いつぞやはお爺ちゃんが御馳走様《ごちそうさま》でした。今、家におりますよ……」

「いえ、今日はいいんです。実はこれ、お孫さんの太一君に差し上げる約束をしてあったものですから……」

そう言うと、有賀はロッドとリールをその女性に差し出した。

「あらまあ、すみませんねぇ。太一にですか。それじゃあすぐに、太一を呼んできますから……」

「いえ、それもいいんです。今日は届けに来ただけですから。このまま帰ります」

有賀はロッドとリールを畦道に置いた。そして、付け加えた。

「それから太一君に、気が向いたらまた遊びに来るようにと、そうお伝えください」

有賀は何回も頭を下げながら、その場を立ち去った。振り返ると、いつまでも太一の叔母は笑顔を向けてくれていて、その度にまた頭を下げなければならなかった。

3

日々は何事もなく過ぎていった。有賀は珍しく、昼間は原稿を書き、夜は酒も飲まずに早く寝るという規則正しい生活を続けていた。考えてみるとここ何年かは忘れかけていたリズムである。自然の中での生活が、ストレスを消してくれるのだろうか。本質的な部分で、目に見えない自分を取り戻しつつあるような予感があった。

仕事をしながら、投げ竿《ざお》を一本出しておく。ラインの先に練り餌の団子を結び、それを沼に投げてキャンピング・トレーラーの脇に立てておくのである。いわゆる吸い込み仕掛けだ。

竿先には、魚が釣れたことを知らせるための鈴が付いている。原稿を書きながらその鈴が鳴るのを待つ。無精《ぶしょう》な釣りだが、それでも魚の多い牛久沼では一日に四〜五匹は鮒や鯉などが釣れてくる。五日目に大きな鯉が掛かり、竿ごと沼に引き込まれるまでは、有賀の小さな楽しみとジャックの餌代を浮かすことに役立ってくれていた。

そのジャックは、相変わらず朝食の後で姿を消し、夜になると帰ってくるというパターンを繰り返していた。どうやらジャックも、牛久沼で生活しているうちに野良犬の本性を思い出してしまったらしい。自分で捕らえたものかは定かではないが、大きなブラックバスを銜《くわ》えて帰ることもあった。そのような時ジャックは、ブラックバスを有賀の目の前に置き、尾を振りながら自慢気な顔をする。

新聞やテレビのニュースだけは必ず見るようにしていたが、野村の件は忘れ去られたようにまったく扱われることもなくなった。七月に入ってすぐ行われた参議院の選挙で、大方《おおかた》の予想以上に保守党が大敗《たいはい》し、どの新聞もニュース番組もそのことで持ちきりだった。

有賀はそれを、まったく別の世界の出来事のように醒《さ》めた目で見ていた。少なくとも学生時代のように、日本の政治には興味を持てなくなってきている。それより今は、河童のことを考えていたほうが面白い。

牛久沼周辺に住む少年達からの情報もまた、ここのところは少なくなっていた。二日か三日に一人か二人、明らかに嘘とわかるような話をしにやって来るだけだ。もうこれ以上は、少年達から新しい情報を得ることは無理かもしれない。そろそろ別の手を考える必要がありそうだ。その少年、菅原義人《すがわらよしひと》と名乗る高校生がやって来るまでは、少なくとも有賀はそう考えていた。

七月五日――。

朝から小雨が降り続く、むし暑い日の夕方だった。いつものように有賀が仕事をしているところへ、少年はミニバイクに乗ってやって来た。学生服を着ていることもあってか、一見して真面目そうな少年に見えた。

だがキャンピング・トレーラーに招き入れ、最初の一言を聞いた時に、有賀は明らかに失望した。その内容が、あまりに信じ難《がた》いものだったのである。

「実は、河童を飼ってた人を知ってるんですけれども……」

少年は、上目使《うわめづか》いで有賀を見ながら、確かにそう言った。有賀は不覚《ふかく》にも、思わず笑ってしまった。

「どうせそうですよね。信じてもらえないとは思ってました。それじゃあ帰ります」

「まあ待てよ。まだ嘘だとは言ってないじゃないか。最後まで話してみてくれないか」

有賀は帰ろうとする少年を引き止めた。自分が笑ったことで、そのまま少年を帰したのではなんとなく気が引ける。それに高校生といえばもう大人に近い。その先に、どのような筋書きを用意しているのか、試しに聞いてみたくもあった。信じる信じないは別として、興味がないわけではない。

少年はあまり気が向かないようだった。だが強く引き止める有賀に負けたのか、ソファーに座り、小さな声で話し始めた。

「その人、本当に河童を飼ってるって、そう言ったんです……」

「そうか。それでそいつは、何処《どこ》の誰なんだ。サーカスの団長さんかなんかかい」

少年は少し怒ったような顔をした。

「いえ、違います。何処の誰かはわかりませんが、白髪《しらが》のお爺さんで、昔よくこの沼で釣りをしていて見かけたんです」

「昔って、いつ頃のこと」

「そうだなあ、僕が中二の頃だから、二、三年前だと思う。小さなモーターボートを持ってて、友達はみんな〝カッパジジイ〟って呼んで恐がってた……」
二、三年前と聞いて、有賀は多少その話を真剣に聞く気になっていた。カッパジジイという呼び名も、なんとなく興味深い。
「ほう……。それでどうしてその人と、話をするようになったんだい」

「ブラックバスを釣ってたら、向こうから近づいてきて……。釣ったばかりのブラックバスを、売ってくれって言うんです。生きていれば一匹二〇〇円で買うって。どうせバスなんか釣ったら逃がしちゃうだけだし、アルバイトにもなるし、喜んで売ってあげたんです。それが日曜日だったんで、それから、毎週日曜日に僕を探して買いに来るようになって……。だから僕、日曜日には釣ったバスを魚籠《びく》に入れて生かしておいて、夕方その人が買いに来るのを待ってるようになって……」

「へえ。面白いな。でも生きてるブラックバスなんか何に使うんだろう」

「僕も不思議だったんです。もし自分で食べるなら死んでいてもいいわけだし。それで一度、聞いてみたんです。バスなんか、どうするのかって。そうしたらその人、河童の餌にするんだって、そう言ったんです。生きているのしか食べないんだって……」

「………」

有賀は何も言えなかった。最初はまったく信じてもいなかった少年の話に、今は引き込まれるように聞き入っていた。ブラックバスを買う。それを河童の餌にする。冗談にしては、でき過ぎている。

「でもその人が買いに来るのは春から秋までで、冬には買いに来ませんでした。一度、冬に会った時に、ブラックバスはいらないのかって聞いてみたら、今は河童が寝てるからって……」

「河童が寝てるって……。そりゃどういう意味だろうな。冬眠してるってことかな……」

「さあ」

これでまた余計《よけい》にわからなくなった。まったく奇妙な話である。すべて出任《でまか》せのようでもあるし、筋が通っているようにも思える。

「そのカッパジジイと最後に会ったのは」

「二年前の四月です。やっぱり日曜日に釣りをしてたら、バスを買いに来たんです。また今年も頼むよって。でも次の週に待ってたら、結局来なくて、それ以来会ってません」

「うーん、どうもよくわからないな。なぜ急に来なくなっちゃったんだろう。ところでその話、菅原君以外にも知ってる人いるのかなあ」

「友達がもう一人、その人にブラックバス売ってたけど。でも今は東京の高校へ行っちゃってるしな。あとはみんな、その人のこと恐がってて、来ると逃げちゃってたみたいだし。そうだ。吉岡さんていう漁師さんからもだいぶ買ってたみたいですよ」

「なんだって？　吉岡って、源三爺さんか」

「そうです。知ってるんですか」

有賀の頭の中で、何かがパチンと音をたてて弾《はじ》けた。今まで心にあった蟠《わだかま》りが、急に消えていくのを感じていた。二年前。そしてブラックバス。この二つの鍵になる言葉が、少年の話で完全に結びついた。

あの生簀《いけす》だ。源三が鯰を泳がしていた生簀に、二年前、確かにブラックバスが群れを成して泳いでいた。その光景を思い出した時に、なぜ気が付かなかったのだろうか。

あれはカッパジジイに売るためのブラックバスだったのだ。

「よし。それだけで十分だ。助かったよ。この中から好きなルアー、五個持っていってくれ」

有賀はそう言うと、少年の前にタックルボックスをどんと置いた。その瞬間、有賀に会ってから初めて少年の顔から笑みがこぼれた。

少年が帰るのを待って、有賀は携帯電話を手にした。もちろん相手は源三である。呼び出し音が五回ほど鳴ったところで、電話口に妻の文子が出た。

だが源三は留守だった。朝から漁に出て、昼には一度帰ってきたのだが、午後にまた出たまま帰らないと言う。その長い説明の途中で、今から行くということだけを告げると、有賀は電話を切った。

キャンピング・トレーラーを飛び出して、カヌーを沼に浮かべた。ジャックはまだ帰っていない。源三の家に行くことを書き置きしておこうかと考えたが、犬には字が読めないことを思い出してやめた。どうも冷静さを欠いているようだ。そろそろ暗くなり始めた沼に、有賀は慌ただしく、カヌーを出した。

東谷田川の河口を横断し、源三の家まで約一〇分。その僅《わず》かな時間がいつになく長く感じられた。船着場に近付くと、漁から帰っている田船と漁具をかたづける源三の姿が見えて、心が余計に逸《はや》った。

「よお、雄二郎じゃねえか。どうした、そんなに慌てて」

船着場にカヌーを漕ぎ入れる有賀に、源三が声をかけた。有賀は無言で岸に飛び移ると、カヌーを杭に舫《もや》った。

「ジャックは連れてねえし、酒は持ってねえし、おまえらしくないな。いったい何があったんだ」

「それどこじゃないんだ。爺さん、ちょっとこっちへ来てくれ」

有賀はそう言うと、問題の生簀のある場所に走った。源三も何やら異様な有賀の心中《しんちゅう》を察したようで、持っていた網をその場に置くと後を追った。

「ここだ、爺さん。この五番目の生簀だ。以前ここに、ブラックバスを入れていたことがあったろう」

「はて、この間、鯰を入れていたここにか」

「そうだ。二年前の春だ。おれが、河童の取材に来てた時だよ」

「うーん……。そんなことがあったかな。あんな食えもしない魚をか……。七〇を過ぎるとどうも物覚えが悪くなって……」

源三は腕を組み、頭を傾《かし》げて真剣に考えている。

「どうした、思い出してくれよ」

「そうだ。思い出したぞ。あの時はな、なぜか知らんが、生きてるブラックバスなら売れたんだよ、一匹三〇〇円で」

「三〇〇円だって。そりゃまたぼったくったもんだな。まあいい。それよりも、誰が何のために買っていったのか、思い出さないか」

「うん。確か横山《よこやま》とか、横田《よこた》とか、そんな名前の男でな。年の頃はわしより少し上くらいの、なんか少し薄気味悪《うすきみわる》い奴だったな。三年前の夏頃に漁をしてる時に声をかけてきて、月に一度、五〇匹ばかりブラックバスを売ってくれって言うんだよ。それでわしが一匹三〇〇円だってふっかけてやったら、それなら三〇〇匹でいいとぬかしやがった。ケチな男だよ」

「何に使うか、聞かなかったか」

「いや、聞かなかった。大方《おおかた》、豚の餌にでもしてたんだろ。もしくは他の湖に放流でもするのか。まあ生きてなきゃいかんというのが不思議ではあるがな。でもそれがどうかしたのか」

「うん。実は今日、この近くに住む高校生に話を聞いてね。そいつもその老人にブラックバスを売ってたらしいんだ。何に使うのかって聞いたら、河童の餌にするって答えたらしい。ちなみにその横山とか横田とかいう男は、カッパジジイって呼ばれてたんだ」

「河童か……。まあそれはちょっと信じられんな。子供の戯《ざ》れ言《ごと》だろう」

「しかし、調べてみる価値はある。その男、今はどうしているのか知らないか」

「いや、最近はまったく見ないな。二年前の四月にブラックバスを取りに来て、それ以来会ってない。五月の分も約束の月末には用意してあったんだが、それっきりだよ。多分、おまえさんが見たっていうブラックバスはその時のものだろう」

「他にその男のことで、覚えていることはないかな。癖とか、特徴とか、何でもいい」

「そうだな、確かアルミのボートを持ってたな。それにこの土地の人間じゃないことも確かだ。上方《かみがた》の言葉を使ってたからな」

「上方というと、関西か。面白いな。ところでその男、どこに住んでたんだろう」

「島だよ」

「島……。島ってあの、国道六号線から見えるやつか。だってあれは無人島だろう」

「そうだ。しかし奴のボートはいつもあの島の船着場に係留《けいりゆう》してあったし、夜になると島にある古い建物に明かりがついていたこともある。あんな島、今じゃあ近づく者もおらんしな。住む気にさえなれば、人間どこにでも住めるさ」

牛久沼の西、国道六号線から三〇〇メートルほどの沖《おき》あいに、周囲約一キロほどの小さな無人島がある。平均水深二メートル、全体的に平坦《へいたん》な地形の沼にしては、そこだけ唐突に盛り上がった不自然な島だ。

だが、それもそのはずである。島は一五年ほど前に、ある電鉄会社によって造られた観光のための人工島なのだ。島には庭園があり、公園があって、昔は鰻や鯉、鯰などの川魚料理を食わす料理屋まで営業していた。当時は後佐貫の水門の近くから渡し船が出て、陸からの客を毎日のように運んでいた。

だがその隆盛《りゅうせい》も、長くは続かなかった。計画していたように客足の伸びることもなく、僅か数年の後には、島の営業に幕が引かれることになった。それ以後島には渡る者もなくなり、まったくの無人島と化した。今では忘れられた過去の遺物のように、その軀《むくろ》を晒《さら》しているだけである。

その無人島に、どこから流れてきたのか老人が一人で住みついていた。老人は生活も、行動も、あらゆる面で謎めいていた。しかも、河童を飼っていたとの噂まである。好奇心の強い有賀でなくとも興味はそそられる。

その夜、有賀と源三の二人は、遅くまでかかって島を探索する計画を立てた。計画とは言ってもそれほど複雑なものではなく、ようするに二人にジャックを加えたメンバーで島を歩き回ってみようというわけだ。島には源三の田船で渡る。武器として、源三の古い村《む》田銃《たじゅう》をもっていく。これは源三が言い出したことで、口では河童の存在を否定しているが、どうも内心では信じている節もある。有賀がそんな物は必要ないと言うと、源三は用心のためだと言って一歩も譲らない。その真剣な表情が、有賀にはおかしかった。

だがそれからの二日間、沼は集中豪雨に見舞われた。雨に加えて風も強く、川も増水した。源三にしても、田船や漁具を流されないようにするだけで手いっぱいで、島の探検どころではなくなった。

結局二人の計画は、水の引くのを待って、翌週に持ち越されることになった。

4

ベッドに腰を下ろして、熱いコーヒーを口に含んだ。

身支度《みじたく》はすでに終わっていた。クタクタになったリーバイスの501に、デニムのシャツ、その上にフィッシング用のベストを引っ掛けている。季節を考えれば、多少は重装《じゅうそう》備《び》と言えるだろう。

合計六カ所もあるベストのポケットには、様々な道具が詰め込まれている。一〇種類もの機能を持つウェンガーのスイス・アーミーナイフや、マグライト、防水マッチ、雨水を飲むための解毒剤《げどくざい》まで揃っている。腰のベルトには、革の鞘《さや》に納まったマチェット（ブッシュナイフ）が下げられている。有賀はコーヒーを飲みながら、それらの装備のひとつひとつを頭の中で確認していった。

たかが周囲一キロほどの小島に出かけるにしては、いささか大袈裟《おおげさ》なことはわかっていた。実際に世界各国の未開地を旅した時にも、これらすべての道具が必要だったことはほとんどなかった。持たないよりは、持っているほうが多少は安心できる。その程度に考えていれば、間違いはない。所詮《しょせん》道具は、それを使う人間の能力によって真価《しんか》が決定する。だが探検気分を盛り上げるための小道具と考えるなら、少しは役に立ってくれるだろう。仕事に打ち込むための、スパイスのようなものだ。

有賀にとって仕事とは、単に金銭を得るための行為ではなく、男としてそれに夢中になれる〝遊び〟でなければならない。その意味で今回の探検は、正に有賀好みの〝仕事〟だった。いずれにしろ村田銃を持って行くと騒いでいる源三と比べれば、多少はまともである。

トレーラーの東側の窓から差し込む朝日を浴びながら、ジャックが忙《せわ》しなく有賀とドアの間を行き来していた。クンクンと、鼻を鳴らしている。有賀の様子から、今日は自分の好奇心を満足させてくれる何かがあることを本能で察知しているのだろう。いつになく、落ち着きがない。

時計を見ると午前六時五〇分になっていた。もう間もなく源三がやって来るはずだ。

Lビーンのハンティングブーツを履き、カメラを首から下げると、有賀はジャックと共にトレーラーの外に出た。

風は多少残っているが、天気は完全に回復していた。沼の水位も低くなり、昨日までの泥水もいくらかは透明度を取り戻していた。

沼のほとりに立つと、風が有賀の髪をなびかせた。そういえば、もう二カ月以上も髪を切っていなかった。有賀は尻のポケットからバンダナを取り出すと、それを頭の後ろで縛り、髪をまとめた。

間もなく東谷田川の上流に、源三の田船の影が見えてきた。今にも止まってしまいそうなか弱いエンジン音を響かせながら、のんびりと下ってくる。ジャックがそれを見つけると、喉から絞り出すような声で、長く一声吠えた。源三の田船は高い葦の間に一度身を隠すと、しばらくして有賀の足元から延びる細い水路にその姿を現した。

有賀はゆっくりと、右手を上げた。源三も同じように、右手でそれに返した。どこから仕入れてきたのか、源三はテンガロンハットのようなものを頭に乗せていた。

「なんだ爺さん、その格好は。ジョン・ウェインにでもなったつもりか」

「顔を見りゃわかるだろう。ゲーリー・クーパーじゃよ。鉄砲はちと時化《しけ》とるがな。そう言うおまえは、インディアンのつもりか」

「まあ、そんなところだ。それじゃあ名犬ラッシーでも連れて、河童と真昼の決闘《けっとう》といってみようか」

「そいつはいいや」

田船が陸に着くのを待ちかねたように、ジャックがまず飛び乗り、自分の最も好きな先端に陣取った。その後方、田船のほぼ中央に有賀が座る。源三は最後尾で船外機の舵《かじ》を取った。

葦の水路を抜けて、広い東谷田川に出た。川は一度細くなり、そしてまた広がる。左前方から照りつける強い朝日で、水面がきらきらと輝いていた。水飛沫《みずしぶき》を含んだ風が顔に当たり、心地好かった。

後ろを向くと、有賀は朝日を受けた源三の顔にカメラを向けた。ＥＯＳ６５０のズームレンズが自動的にピントを合わせ、理想的な構図を作り出してくれた。ファインダーの中の源三の顔はいつになく思慮《しりよぶか》深く、刻み込まれた皺《しわ》が長い風雪《ふうせつ》の人生を物語っているように見えた。

続けて三回、有賀はシャッターを切った。

「なんだ、本にでも載せるつもりか」

「いや、葬式用の写真だよ」

「まったく、この、くそ……」

有賀は大声を出して笑った。

右手に泊崎の森が見える。その前を通り過ぎ、多少右に方向を変えると、前方に小高い島の影が見えた。ヒョウタン島……。なんとなくそんな名前を付けたくなるような小さな島である。

泊崎から二キロくらいだろうか。だがこのポンコツ寸前の田船の速度を考えると、まだかなり時間がかかりそうだった。

「そろそろエンジンだけでも新しいの買ったらどうだ」

「いや、その必要はねえ。馬力のあるエンジンなんか付けたら、この船がバラバラになっちまうよ。それにわしも、そろそろ船を降りる歳だしな」

「二年前にも、確かそんなこと言ってたぜ」

「ああ、そうだったな。何年も前からやめようとは思っとるんだ。家の玄関を入ったところに大きな鯉の魚拓が飾ってあるだろう。あれはわしが漁に出てすぐの頃だから、もう五〇年も前になるかな。三尺八寸もあった。あの鯉を獲った時には、周りの漁師仲間からまぐれだと散々冷やかされてなぁ」

「ああ、知ってるよ。見事な鯉だ」

「それでいつかはあれよりも太いのを獲って、笑ってた奴らを見返してやろうと思っとったもんだ。もしあの鯉以上の大物を揚げたら、その時こそ漁師をやめよう。そう思っているうちに、いつの間にかこの歳になっちまった。しかし、もうあんな魚はこの沼には居ないのかもしれんな。第一あの時、わしを笑った年上の漁師だって一人も生きてはおらんしな。あきらめるなら潮時かもしれん」

「そうだな……」

田船はゆっくりと、広い沼の中央を進んでいった。舳先《へさき》の作る低い波がいく条《すじ》にもなって、船の脇を流れていった。その波の中に、ブラックバスが群れを成して通りすぎるのが見えた。

島が少しずつ大きく見えてきた。鬱蒼《うっそう》とした森に覆われている。静かに横たわるその姿を見て、有賀は以前に行ったアマゾンの風景を思い出していた。先住民に伝わる、黄金の眠る伝説の島。そんな雰囲気がある。

「子供のころ、宝島っていう本を読んだことがある。面白い本だったたな。なんとなく、シルバー船長にでもなった気分だ。オウムのかわりに雑種の犬じゃあ、あまりぱっとしないけどな」

有賀が言った。

「宝島か。河童の島よりはましだな。本当に宝でもあったら、雄二郎、おまえどうする」

「そうだな。土地でも買って、家でも建てて、もう一度女房でももらうかな」

「何を言ってやがる。そんな気もねえくせに。そんなに土地がほしけりゃ、今おまえがいるあの土地くれてやるよ」

「ははは……ありがとうよ。その気持だけ受け取っとくよ。だけど爺さんには、娘さんがいただろう」

「礼子《れいこ》か。あいつはどうでもいいんだ。水戸の地主に嫁に行って、幸せにやっとるよ。あんな二束三文の土地にはどうせ興味はねえさ。売っちまったと言えば、それまでだ」

「孫がいたろう。男の子だったかな」

「ああ、上が今年、大学へ入ったようだ。しかし、正月にすらめったに顔も見せに来ない。だいたい娘の亭主が酒も飲まない堅物《かたぶつ》でどうもわしとは気が合わん。まあ、勝手にしろだ」

「爺さんらしいな……」

二人の会話は、ほんの僅かさえも沼の静けさをかき乱すことはなかった。有賀の太い声も、源三の嗄《か》れた声も、すべては微風の中に紛《まぎ》れて消えた。久し振りに晴れ間を見せた早朝の沼は、あくまでも長閑《のどか》で、優しかった。

島に近くなると源三は舵を右に向け、西の岬に沿って迂回《うかい》した。北西から南東にかけて、草履《ぞうり》形の細長い島である。真横からすぐ目の前で見ると、周囲約一キロとはいってもかなり大きく見える。ところどころに人工的な面影は残しているが、深い森に閉ざされた今となっては人間を寄せ付けない厳しささえ感じさせる。

間もなく前方に、コンクリートで造られた船着場が見えてきた。その二〇メートルほど手前で源三は田船のエンジンを止めた。船着場の先はすべて背の高い草で覆われていて、以前は公園になっていたはずの広場には何も見えなかった。その一〇〇メートルほど奥の森のふもとに、この島に一軒だけあった川魚料理屋の白い二階建ての建物が見える。カッパジジイと呼ばれた老人の住んでいた建物だ。

「さて、どうする雄二郎。島に着いたぞ」

「そうだな。時間も早いし、まあゆっくりやろうや」

「よし。それじゃあまず、腹ごしらえといくか」

そう言うと源三は、漁具を入れた籠《かご》の中から握り飯の包みを取り出した。

5

一〇人ほどの小学生の列が、県道の脇の歩道を歩いていた。先頭に立つ六年生の佐久間《さくま》清二《せいじ》は、いかにも年長者らしく時々後方を振り返っては下級生を見守っている。

清二は今年の四月から、細見地区の集団登校班の班長になった。地区内に住む下級生を集め、牛久第二小学校までの約二キロの道程《みちのり》を毎日責任を持って送り届ける。だが元来が遊び好きで、典型的な次男坊《じなんぼう》として育った清二は、この大役を持て余していた。

自分より年下の者に対する接し方がわからない。一年生のペースに合わせて歩くだけで疲れてしまうのである。

それに最後尾を歩くはずの森田育美《もりたいくみ》が、あまり信用できなかった。一年生が遅れて自分より後ろに行ってしまっても、気が付かないことがある。一度それが原因で、一年生の一人を途中に置き去りにしてしまったことがあった。それも結局は班長である清二の責任になり、先生や親にひどく叱られた。清二が神経質なほどに後方を気遣うのも、単に叱られるのがいやなだけだった。

だがこの日の清二は、なんとなく機嫌が良かった。今日、七月九日の月曜日から、牛久第二小学校は短縮授業に入ったのである。授業は午前中の四時限目までで、学校が終わればタ方の六時まで遊べる。そしてあと一〇日もすれば、待ちに待った夏休みになる。

今は、一年の内で最も好きな季節だった。夏休みに入り、あと何日で学校が始まるかを数えるよりも、休みになるまでの日数を数えるほうが楽しい。夏休みに用意されているはずの膨大《ぼうだい》な宿題のことも考えなくてすむ。

今日は朝から天気が良い。学校から帰ったら、さっそく釣り竿を持って沼に出かけよう。それとも先週見付けた森の中の洞窟《どうくつ》に行って、夏休みのための秘密の基地を作ろうか。そんなことを考えながら歩いていると、足どりも軽くなる。

七時四〇分ごろに、西谷田川に架かる細見橋を渡った。この橋が学校までのちょうど中間地点である。橋を渡り切ったところで清二はまた振り返り、下級生達に声を掛けた。

「みんな、遅れるなよー」

そこまで言って、清二は足を止めた。一年生の中でも特に面倒をかける光本聡《こうもとさとし》が、例のごとく最後尾の森田育美よりも遅れてしまっている。しかも聡は、まったく歩こうともせず、橋の欄干《らんかん》の隙間から顔を出して下を覗《のぞ》いている。

「おーい。聡、何やってんだよぉ！」

呼んでみても、聡は何かに夢中になっているようで返事をしなかった。清二は残りの下級生を待たせておいて、橋の中央に走って戻った。途中で森田育美に一言注意をしたが、彼女は何も言わずにただむくれているだけだった。

肩をたたかれて、やっと聡が振り向いた。

「おい、置いてくぞ。早く歩けよ」

清二はちょっと怖い顔をして、そう言った。だが聡は、まったく悪びれた様子もなくその顔を見上げた。

「あのね、川の中でね、へんな人が泳いでるの……」

「そんなことどうでもいいから、学校に遅れるだろ」

清二は聡の手を引いた。それでも聡は一歩も歩こうとはしなかった。目が真剣だった。

「でもね、その人、死んでるのかもしれないよ」

死んでる……。

その一言を聞いて、清二は先月この橋の上流で起きた事件のことを頭に思い浮かべた。東京からきた釣り人が、河童に喰われたというあの事件である。聡の手を放し、自分も欄干の上から川を覗き込んだ。

水面は、強い朝日に照らされて光っていた。その中央に、確かに何か赤っぽいものが浮いている。それがライフベストを着けた人間であり、うつ伏せになっているとわかるまでに、そう時間はかからなかった。その人間は、いくら待っても一度も動くことなく、ゆっくりと橋の下に向かって流れていた。

「し、死体だ……」

清二は欄干から、一歩後退《あとずさ》った。そしてそのまま、聡の存在すらも忘れて大声を上げながら走り出した。

細見橋の近くにある雑貨屋の主人からの通報により、その二〇分後には二台のパトカーと救急車が現場に到着していた。さらに二〇分ほど遅れて、当直の警官から自宅に電話を受けた阿久沢健三も自分の車で直行《ちょっこう》した。

すでに橋の上は、何人もの野次馬《やじうま》で賑《にぎ》わっていた。その群衆の見守る中で、ゴムボートを使って死体の引き上げ作業が行われている。阿久沢は仲の良い村岡《むらおか》という警官を見付け、声を掛けた。

「よお。お疲れさん。様子はどうだい」

「いや、まだ私も来たばかりで何もわかりませんね。仏さんは男らしいですが……」

「そうか。それで、発見者は」

「小学生です。登校途中で橋の上から見付けたようです。しかしそれ以外には何も見ていないようなんで、今しがた学校に行かせました」

「この前、例の河童事件のあった場所だし、気になるな。単なる事故だといいんだが」

「水死という線はないようですよ。仏さんライフベストを着けてるんです」

なんとなく、いやな予感があった。阿久沢は、熱い太陽で流れる汗を拭うのも忘れて、作業を見守っていた。死体は、橋から五〇メートルほど下流の葦の中に流れ着いている。その周りを、二艘の黄色いゴムボートが取り囲むようにして作業が進められていた。

間もなくゴムボートに、死体が引き上げられるのが見えた。Tシャツの上に、濃いオレンジ色のベストを着けているのがわかる。そして、阿久沢の目の錯覚《さっかく》でなければ、死体の右足は膝から下がなくなっているようだった。

やはり、な……。

阿久沢は心の中で呟いた。

重苦しい時が流れた。誰が決めたわけでもないのに、大声で話す者は一人もいなかった。だが囁《ささや》くように話す野次馬たちの会話の中に、時折〝河童〟という言葉が交錯《こうさく》する。阿久沢はそれを、今となってはごく当たり前のことのように冷めた心で受け止めていた。

担架《たんか》を持った救急隊が三名、川沿いに続く農道を下流に向かって走っていった。農道の入口にはロープが張ってあり、その先には一般人は立ち入れない。阿久沢はそのロープを跨《また》ぎ、救急隊員の後を追うようにして歩きだした。

葦にじゃまをされて、ゴムボートは容易に陸に近づけなかった。何名かの警官が川に入り、腰まで水に浸《つ》かりながら農道までボートを引き上げた。死体は救急隊員の手によって担架に寝かされ、頭まで白い布が被せられた。

「ちょっと悪いな。通してくれ」

担架を取り囲む人の輪を割って、阿久沢は前に進み出た。今被せられたばかりの布を、半分ほどめくり上げてみる。

やはり思ったとおり、右足の膝から下がなくなっている。切断面は関節から毟《むし》り取られたようで、中に白い骨が見えた。まわりの筋肉は赤く盛り上がっていて、その男が死んでからまだそれほど時間が経過していないことを示していた。

「それより阿久沢君、顔を見てみろよ。きっと驚くぜ……」

同僚の刑事が、多少震えた声でそう言った。阿久沢は布を戻すと、担架の反対側に回り、顔の上の布をめくった。

なんてこった……。

恐怖に引きつったまま、白い蠟《ろう》で固めたように動かない男の顔を見て、阿久沢は言葉を失った。真夏の太陽が消失して、目の前が一瞬真っ暗になったような気がした。

あの男だ……。

自分が二週間前まで毎日顔を合わせていた男。

殺人事件の重要参考人として取り調べていた男。

河童事件の第一発見者……。

その死体は確かに、あの木元良介だった。

6

「朝からばかに騒々しいな。何かあったようだな」

そう言って、源三はタクアンを一切れ口にほうり込んだ。島から三〇〇メートルほど離れたところにある国道六号線を、二台のパトカーが走っていく。サイレンの音が、風に乗ってはっきりと聞こえてくる。その数分前に、救急車が一台走っていったばかりだった。

「どうやらまた細見橋の方へ向かってくみたいだぞ。農道を右折したようだ。どうせ交通事故か何かだろう」

有賀が言った。

「そうだな。まあ、気にすることはない。それより握り飯、もっと食わんか」

有賀と源三は、島の船着場の上に座ってのんびりと握り飯を食っていた。蓴菜《じゅんさい》（スイレン科の多年水草）と雑魚《じゃこ》のつくだ煮の入ったものが六個に、ジャック用のハムを巻いたものが二個。源三の妻の文子が持たせてくれたものである。

ジャックは一気に自分の分をたいらげてしまった。最後に二個残った蓴菜の握り飯を、有賀と源三で分け合った。有賀にしてみれば久し振りのまともな朝飯だった。

「さてと。そろそろ出発するか」

有賀が立ち上がった。

「まあ待て。その前に確かめておきたいことがある」

逸《はや》る有賀を制しながら、源三は一度、田船に戻った。漁具を入れた籠をガサゴソと掻き回し、中から水中眼鏡を取り出す。それを船底に置き、今度は衣服を脱ぎ始め、あっという間に褌《ふんどし》一丁になった。小柄だが、とても七〇歳の老人とは思えない筋骨逞《たくま》しい体をしている。有賀はそれを黙って見ていた。

「さてと。ちょっとばかしそこで待ってろや」

言うが早いか源三は水中眼鏡を顔に付けると、そのまま沼に飛び込んだ。止める暇もなかった。

あ、あのくそ爺い……。

有賀はあわてて、今源三が飛び込んだばかりの水中を覗き込んだ。だが水面が朝日で光っていて、何も見えない。そうでなくても水は濁りがひどく、視界は悪そうだった。

腕の時計の秒針が時を刻む。もうすでに二〇秒はたっている。

三〇秒……。四〇秒……。五〇秒……。

ホイヤーのダイバーズ・ウォッチは、無情に時を刻み続ける。そして、一分が過ぎた。

田船の後方五メートルほどのところに、突然源三の顔が浮き上がった。どうやら無事のようだ。抜き手で岸に向かって泳いでくる。

「この、くそ爺い、いきなり何しやがるんだよ。驚くじゃねえか。歳を考えろよ。心臓麻《ま》痺《ひ》でも起こしたら、どうする気だ」

有賀は一気にまくしたてた。岸に泳ぎ着いた源三に手を貸し、引き上げてやる。だが源三は、飄々《ひょうひょう》と笑っていた。

「まあそう怒るな。それより雄二郎、やっぱりあったぞ。思ったとおりだ」

「あったって、何がだ」

「船だよ、船。例のカッパジジイが持ってたっていう、アルミ製のモーターボートだ。この下に沈んでるよ」

源三はそう言って、水面を指さした。

「ということは、どういうことだ。つまりカッパジジイはまだ……」

「そういうこった。奴はまだ、少なくともこの島のどこかにいるということさ。まさか泳いでここから出るとは考えられんしな」

「そうか。あんたでもなければ、不可能だろうな」

島は静かだった。人の気配など、まるで感じられなかった。だがそれでも有賀は、どこかで自分達を見つめている人影がないかどうか、島の中を見渡した。

源三が体を拭い、服を身に着けた。テンガロンハットを頭に乗せ、村田銃を肩に掛ける。単発式ボルトアクションの一二番径の散弾銃である。その薬室には、スラグ弾が一発装塡《そうてん》されている。

「本気で持っていく気か」

有賀が言った。

「ああ、そうだ。心配はいらんよ、所持許可証は持っている。こう見えても昔は、この沼一番の鴨《かも》撃ちの名人だったんだ」

二人は深いブッシュの中に歩き出した。マチェットを使って草を薙《な》ぎ払いながら、有賀が先頭を歩いた。その後から、村田銃を持った源三が続く。ジャックは縦横無尽《じゅうおうむじん》にブッシュの中を走り回っている。

草はみな、有賀の背丈以上もあった。前が何も見えない。僅か一〇〇メートルほど前方にあるはずの建物の方向さえ、ブッシュに入るとすぐにわからなくなった。草は牛久沼の肥沃《ひよく》な大地の恩恵を受けて、かなり頑強だった。しかも密生している。刃の悪いマチェットで切り進むのはかなりの重労働だ。

有賀の足元を、マムシが通り過ぎた。

「くそ、やってらんねえ。爺さんこの辺りの地形、覚えてないか」

「そうだな。だいたい昔はほとんど芝だったんだ。建物の手前の左の方に池があって、その奥が公園とキャンプ場で、そのくらいしか覚えてないな。まあ太陽を見ながら北へ進んでいけば、そのうち池か建物に突き当たるさ」

有賀はまた、マチェットを振るった。足に太い蔦《つた》が絡まり、歩きにくい。地面はここ数日間に降った大雨で、ひどくぬかるんでいた。

日中だというのに蚊《か》や蚋《ぶよ》が多かった。気が付くと有賀の手や顔は、その刺し痕ででこぼこになっていた。暑さと痒《かゆ》みが、苛立《いらだ》ちを増長させる。だが源三はそのどちらにも免疫ができているらしく、涼しい顔をしている。アウトバックを旅する時に雇う、現地人のガイドによくいるタイプだ。

しばらく進むと、コンクリートで固められた道路のようなものに出た。至る所がひび割れていて、そこから草が生えている。だがそれでも完全なブッシュよりははるかに歩きやすい。その道の行く手に、ブッシュの合間から目指す建物が見えた。

「やれやれだ。あと五〇メートルくらいだな」

「そうだ、思い出したぞ。確かこんな道が、船着場の左側から続いとったはずだ。草に埋もれて見えんかったんだなあ」

「なんだって、もっと早く言ってくれよ、それを……」

やはり、現地のガイドとしては失格だ。

その時、ブッシュの中からジャックの吠え声が聞こえた。低く、断続的に吠えている。どうやら、何かを見つけて、有賀を呼んでいるようだ。

「ジャックが何か見つけたらしいな。しかし、困ったな。声は聞こえるけど、何も見えない」

「左側の藪《やぶ》の奥だろう。たぶん池のある方角だな」

そう言って、源三は深いブッシュの中を指さした。

「道はないのか」

「ああ、ない」

「後からあったなんて言うなよ」

「………」

仕方なく有賀は、せっかく見つけた〝道〟をあきらめて、またブッシュの中に切り込んだ。ジャックはしばらく吠えていたが、そのうちピタリと声がしなくなった。

「池までどのくらい距離がある」

「そうだな、あと二〇メートルくらいじゃないか。建物よりはだいぶ近かったはずだ」

有賀は、マチェットを振る腕に力を込めた。馴《な》れてきたのか、それとも気が張っているのか、進む速度が速くなってきていた。それでも強引に進もうとすると、草や小枝が容赦《ようしゃ》なく有賀の体を痛めつける。もし長袖《ながそで》のシャツを着ていなければ、腕が傷だらけになっていただろう。

有賀の前方のブッシュが、突然がさごそと揺れ動いた。それを見て有賀は、振り上げたマチェットを止めた。草の間から、有賀の足元にジャックの茶色い頭がぴょこんと飛び出してきた。

「危ねえなあ。もうちょっとで頭を叩き割るとこじゃないか」

有賀はそう言うと、空いている左手を差し出した。するとジャックは有賀のシャツの袖口を銜《くわ》え、自分の来た方向に強く引き始めた。

「わかったよ。そうあわてるな。人間は犬みたいにはいかないんだから……」

「ジャックの奴、おめえが遅いもんだから焦っているようだぞ」

そう言って、源三が笑った。

ジャックを宥《なだ》めすかしながら、その後を追った。マチェットを使えないので、余計に進みにくい。だがジャックは、そんなことはおかまいなしに有賀を引っぱっていく。

一〇歩ほど進んだところで、有賀の足に何かが絡まった。まずい、と思った時は遅かった。そのまま前方に体が一回転し、気がついた時には頭から池に落ちていた。水面から頭を出すと、その目の前に心配そうに見守るジャックの顔があった。

「まったく、なんてこった。今日はどうもついてねえ」

有賀は水の中に座り込んだまま、首から下げてあったカメラを持ち上げた。中から水が流れ出した。

「雄二郎、なんだこんなとこで水浴びなんかして。でも泳ぐなら、服を脱いだ方がよかないか。ひひひ……」

源三が、ブッシュの中から覗いている。

「せっかく撮った爺さんの遺影、だめにしちまったよ。それよりここが例の池なのか」

「ああそうだ。昔のまんまだよ」

有賀が立ち上がった。水深は有賀の膝あたりまでしかない。奥行きが二～五メートル、幅が一〇メートル前後。複雑な形をした、いかにも日本庭園にありそうな池だ。中央の、最も幅が狭くなっているところに石の橋が架けてある。そのむこうに蔦の絡んだ石灯籠《いしどうろう》が立っていた。

池の周りには、何本もの杭が立てられていて、そこに漁に使うような網が張りめぐらしてあった。今は杭も倒れ、網はほとんど落ちてしまっているが、以前はそれが池を完全に取り囲んでいたようだ。有賀の足に絡まったのも、その網の一部だった。

「池はこんなに浅かったのか」

「ああ、そうだ。しかし橋のむこうは少しばかり深くなっているはずだ。四尺はあるかな。深場を作っておかんと、鯉が冬を越せんからな」

「そうか……。しかし、それにしても面白いな。いや、実に面白い」

「面白いって、何がだ」

「この網さ。こんなもの、昔はここになかったはずだぜ。どう見たって日本庭園には不釣り合いだ」

「そうだな。そう言えば、こんなものはなかったな。誰が作ったんだろうか」

「カッパジジイだろ。河童を飼うためにな」

「河童……。こんなもんで、人を喰う河童が逃げんのかい」

「そこさ。そこが面白いんだ。もしかしたら爺さんの引退にふさわしい獲物が、手に入るかもしれないぜ」

「へ……。何だって……」

源三はきょとんとして、有賀を見た。

「それより爺さん、あの建物に入ってみようじゃないか。何かあるはずだぜ。道は続いてないのか」

「そうだな。もしかしたらあの橋からコンクリートの道があったかもしれん」

「よし。じゃあ行ってみよう」

有賀は体から滴《したた》る水もかまわずに、池の中を歩いた。ジャックはすでに先回りして、石の橋の上で待っている。源三は少し考えて、長グツのまま池に入った。

道は続いていた。西側の森で太陽が多少遮《さえぎ》られるためか、草もそれほど密生していなかった。ほとんどマチェットを使うことなく、楽に進むことができる。しばらくすると、ブッシュが急に開け、広場になっているところに出た。古いベンチやテーブルが散乱している。その先に、建物があった。

建物のガラスは、ほとんどが割れている。引き戸にも鍵はかかっていなかった。有賀が力を入れると、戸はもう何年も使われていなかったとは思えないほど簡単に開いた。

中は薄暗かった。人に使われなくなって久《ひさ》しい建物独特の、カビ臭いような饐《す》えた臭いがつんと鼻を突く。外とのコントラストが強すぎて最初は何も見えなかったが、目が馴れてくると次第に中の様子がわかってくる。

戸を入った正面に、いくつかのテーブルと椅子《いす》が並んでいた。左側の奥が一段高くなっていて、座敷になっている。畳にまで草や茸《きのこ》が生えていた。右奥が厨房《ちゅうぼう》だろうか。カウンターや、土産物を売るための棚もある。五〇人以上は収容できる広さだ。テーブルの下や、カウンターに沿って、大きなドブネズミが走り回っていた。

「台所の奥に生簀があるはずだ。そこに行ってみよう」

源三が、有賀の後ろから覗くようにしてそう言った。肩に掛けてあった村田銃が、今は手の中で構えられている。

だがジャックは唸り声すら発しない。それはこの中に危険な者がひそんでいない証拠でもある。

有賀が建物の中に踏み込んだ。源三もその後に続く。中央の広間を通って、厨房を横切る。奥にあるドアを開けると、そこが生簀のある部屋だった。生簀には水が入っていなかった。

「空っぽだ……」

有賀が言った。

「そうだな。昔はここに、鯉や鯰が泳いでたものだがなあ」

源三が懐かしそうにそう答えた。その時生簀の底に、何かがあるのが見えた。白い、小さなものだ。有賀は生簀に入ると、それを拾い上げた。魚の骨だった。

「爺さん、これ見てみろよ」

そう言って有賀は、骨を源三の顔の前に差し出した。

「なんだ、魚の頭の骨じゃないか。生簀だったんだから、別に不思議はなかろう」

「もっとよく見てみろよ。この口の大きさ、鼻先の角度、これはブラックバスだぜ。この料理屋じゃあバスの刺身でも出してたのか」

「本当だ……。なぜそんなものが落ちとったんだろう……」

「さあな」

有賀はそれを元の生簀の中に放った。

「それより爺さん、あの角にある発電機だ。あんなもの、昔からここにあったたか」

有賀のさし示した先に、小さなガソリンの発電機があった。その脇に、二〇リットルのポリタンクが三個並んでいる。発電機からはコードが延びていて、それが階段から二階に続いている。

「昔はなかったな。電気は陸から引いていたはずだが……」

「二階はどうなってる」

「半分はテラスになってて、後は事務所みたいな部屋がいくつかある」

「よし、上がってみよう」

二人は階段を上った。その後にジャックが続いた。階段はなかば腐っていて、体重が七〇キロ以上ある有賀が乗ると今にも落ちそうだった。

階段を上り切ると、そこは狭い廊下になっていた。正面にガラス戸があり、その先にテラスが見える。左側にドアが二つ並んでいる。部屋は全部でそれだけだった。

有賀は手前の『事務所』と書いてあるドアを開けてみた。中には、古い事務机が整然と並んでいて、その上に薄く埃《ほこり》が積もっていた。人の気配はなかった。

最後にひとつだけ、部屋が残った。ドアには『休憩室』と書いてある。階下から繋《つな》がっている発電機のコードは、廊下の角を通り、この部屋のドアの下に消えている。

「爺さん、この部屋は」

「いや、知らんな。事務所までしか入ったことはない。従業員が何人か寝泊まりしてたらしいが……」

「カッパジジイがいるとすれば、この部屋ということになるな……」

有賀はドアのノブを回してみた。だが、動かない。鍵が掛かっているようだ。いくら力を入れてみても、無駄だった。

「鍵が掛かってる。開きそうもないな」

「見てみろ雄二郎、ドアの把《と》っ手《て》が事務所のものとは違うぞ。取り換えたんだな」

　確かにドアのノブは、交換した様子があった。新しいノブは特に頑丈《がんじょう》そうで、簡単には壊れそうもない。有賀はドアをノックしてみた。だが、反応はなかった。

「外の窓からは登れないか」

「無理だろうな。梯子《はしご》でもあれば別だがな。それよりもこいつの方が早いさ」

　言うが早いか、源三は持っていた村田銃の銃口をドアのノブに向けた。いきなり、引き金を引いた。

〝ズドン〟

　轟音《ごうおん》が響いた。有賀には、耳を覆う暇もなかった。ジャックが一声「ギャン」と鳴いて狭い廊下を転げ回った。

　辺りに黒色火薬特有の白い煙が充満した。煙が引くと、ノブがあった位置に大きな穴が開いているのが見えた。頑丈そうなドアノブは、木っ端微塵《こぱみじん》に消し飛んでいた。

「どうだ、やっぱり一二番のスラグはすごいだろう」

「何のんきなこと言ってやがるんだ。このくそ爺い。鼓膜が破れるだろうが」

「そうか。それはすまなんだ。わしは耳が遠いもんでな、ひっひっひ。それより雄二郎、開けてみろや」

そう言って源三は、後ろに下がった。

銃で開けられた穴に手を掛けて、有賀はドアを引いた。中にはまだ、煙が立ち籠《こ》めていた。ドアを入ったところに小さな三和土《たたき》があり、その先が一段高くなって八畳ほどの畳の部屋になっていた。脇に、小さな台所が付いている。

部屋にはカップラーメンのカップや、空缶、雑誌などが散乱していた。中央に、火燵《こたつ》がある。その火燵の、窓側の一角に、突っ伏しているような人影が見えた。

「カッパジジイが、いたよ……」

有賀が呟いた。

「何、本当か……」

そう言って源三は、また一歩下がった。

「だいじょうぶだ。何もしやしないよ。もう、永久にな……」

有賀はゆっくりと、部屋の中に入っていった。部屋の中は、足の踏み場もないほどだった。そのゴミの山を避けるようにして奥に進み、有賀はカッパジジイと呼ばれていた老人の脇に立った。

老人はすでに白骨化していた。頭部に僅かだが、白髪が残っていた。火燵の上に投げ出された右腕の先に、コーヒーカップが転がっている。今はもう光を感じることすらない眼窩《がんか》が、それを見据えていた。

気がつくと、有賀の横に源三が立っていた。

「これがカッパジジイか。それにしても、なぜ死んじまったんだろうな」

「わからないな。しかし多分、自然死だろう。死ぬ直前までコーヒーでも飲んでいたらしい」

有賀はそこにしゃがみこむと、老人のポケットからサイフを抜き出した。中には三万円以上もの現金と、何枚かのキャッシュカード、車の免許証などが入っていた。

免許証で老人のだいたいの身元がわかった。老人の名は横川庄左《よこかわしようざ》。住所は大阪府泉佐野市犬鳴山《おおさかふいずみさのしいぬなきやま》になっている。生まれは大正七年。源三よりは多少年上だった。免許証は、一昨年の九月で失効していた。

有賀はそれを自分の手帳に記し、財布を元に戻した。

「それにしても腑《ふ》に落ちないな。それほど金がなかったようでもないし、なぜこんな生活をしていたんだろう」

「それにどうして大阪の人間が、こんな茨城県の牛久沼なんかに来たんだ」

「うん。大阪の泉佐野市の近くに、茨木市《いばらき》というのがあるんだ。地名が似てるんで、親近感でも覚えたんだろう。放浪している人間の考えることなんて、そんなものかもしれないな……」

「そんなもんかなあ……」

二人はしばらくの間、その場に立ち尽くしていた。ただ黙って、老人の亡骸《なきがら》を見つめていた。開け放たれたドアから吹き込む夏風が、かすかにその白髪をゆらした。

「さて、戻るとするか。警察にも知らせなければならないしな」

有賀が先に口を開いた。

「そうだな。しかし雄二郎、河童はどうするんだ。探さないのか」

「いや、河童はもうこの島にはいないさ。今頃は沼でブラックバスでも追ってるだろう」

昼下がりの熱い太陽を浴びながら、有賀はブッシュにマチェットを振った。

帰り道は、来た道にも増して、辛く長いものに感じられた。横川老人の部屋を後にして、船着場までの間、有賀と源三は一言も言葉を交わすことはなかった。

有賀は河童のことを考えた。何かが沼に住んでいることはもはや確実だ。そしてその正体を、朧《おぼろ》げながらつかみかけている手応《てごた》えがあった。

河童の正体を暴き、捕まえてやる。有賀は途方もないことを考えていた。

腐肉

1

今日もまた太一は学校を休んでいた。

家にいるからといって、特に何があるわけでもない。朝は遅くまで寝ていて、朝食を食べ、あとは自分の部屋に籠《こ》もっているだけだ。

太一はまだ、中学の三年生だ。休日でもないのに昼日中から外を出歩くわけにはいかない。太一が学校へ行っていないのは、もはや近所では公然の秘密のようなものなのだが、それでもやはり他人の目は気になる。

午前中はテレビを見ているか、本を読んでいるか、考え事をするかして時間が過ぎるのを待つ。家族の者はみな朝早くから野良仕事に出ていて、家の中には誰もいなくなる。自由といえば自由なのだが、不安とやる瀬《せ》なさが交錯《こうさく》する重苦しい時との戦いでもある。

午後になると、まるで隠れるようにして沼にブラックバスを釣りに行く。今の太一に心の休まる時間があるとすれば、田船を操りながら無心にロッドを振っている時くらいのものだ。

そんな太一に対し、家族の者や学校の教師でさえ何も口出しをすることはない。まるで腫《は》れ物《もの》にでも触れるように接している。太一が現在のようになったのは、死んだ父親と家出をした母親が原因なのであって、本人の責任ではないと考えているからだろう。

太一自身も、最初はそう考えていた。自分は可哀相なのだ。学校に行かなくても、勉強ができなくなっても、それは仕方がないことなのだ。自分には周りから同情してもらうだけの権利がある、と……。

だが、本当にそうなのだろうか。もしかしたら自分自身の心の中に、本当の原因が潜んでいるのではないだろうか。最近はよくそう思うことがある。それに何よりも、太一は今の自分自身に嫌気がさしていた。

確かに最初は、父親が死んだ悲しさに打ち負かされていたこともあった。だがその悲しみは、かなり以前に心の中で整理がついている。完全に忘れてしまったわけではないが、少なくとも以前のように心のすべてを塞《ふさ》いでいるわけではない。それよりも今の太一には友達がいないことや、同級生と同じように高校受験という目的のないことのほうが淋《さび》しく思える。

最後に学校に顔を出したのは、春休みの後の始業式の日だった。それ以前にもほとんど登校していなかった太一にしてみれば、意を決しての行動だった。担任の教師や級友も、そんな太一に対し十分すぎるほどの気を遣ってくれていた。だが、その級友の目や、ささいな言葉のあやが気になって、次の日にはまた学校を休んでいた。

一日休むと、また次の日も行けなくなる。二日休むと、三日目はさらに心が重くなる。もう一日、あと一日と思っているうちに、一週間や一〇日はたってしまっている。気がついた時には、泥沼の中でもがき苦しむ自分だけがいる。

もう二度と学校というものには行かないかもしれない。高校に入れないとか、中学を卒業できないとか、そんなこともどうでもいいことのように思えてきた。このまま家の農業を継ぐか、死んだ父親のように川漁師として生きるか。これからの人生も、たかが知れている。

太一は薄暗い部屋で音楽を聞きながら、考え事をしていた。手の中ではＡＢＵの２５００Ｃが鈍い銀色の光を放っていた。

本来なら中学生の太一には手が出ないほど高価なリールだった。地元の少年達に声を掛け、河童に関する情報を集めることに協力した報酬《ほうしゅう》として、有賀雄二郎からもらったものだ。

太一はリールを眺めながら、有賀のことを考えていた。あの人の職業は、ルポライターだと聞いた。本を書くくらいなのだから、たぶん大学を出ているのだろう。世界じゅうを旅し、釣りをして、それを文章にして発表する。できれば自分もそんな仕事をしてみたかった。

有賀のような人と知り合えただけでも、太一には光栄だった。その仕事に協力できるというだけで、心の中に一条《ひとすじ》の光が走ったような気がしたものだ。だがなぜあの時、あのような態度をとってしまったのだろう。

有賀のキャンピング・トレーラーを訪ねた帰り際に、なぜ釣ったブラックバスを殺したのかを聞かれた。太一はそれに返す言葉もなく、ただ有賀を睨《にら》んだだけで、その場を逃げるように立ち去ってきた。

ブラックバスを殺すのは、死んだ父親がそうしていたからだ。ブラックバスは、沼のあらゆる魚を喰い尽くす害魚《がいぎょ》なのだ。鯰《なまず》や鰙《わかさぎ》はほとんど全滅したし、このままでは鯉《こい》や鮒《ふな》までいなくなってしまう。だから殺すべきなのだと、そう言えばよかったのだ。

だが、あの時は言わなかった。いや、言えなかった。そんな自分が情けなくなってくる。以来、有賀には、一度も顔を合わせていない。

そんな太一に対し、有賀は約束したリールにロッドを一本加えて届けてくれた。しかもそれを野良仕事をしていた叔母に託し、そのまま太一には会わずに帰っていった。

太一はリールのハンドルを、ゆっくりと回してみた。中に組み込まれたボールベアリングの働きにより、まったくストレスを感じることなく、まるで絹《きぬ》のように滑らかにスプールが回転する。その感触は、正に精密機械と呼ぶにふさわしいものだった。

だがスプールに巻かれたラインは、まるで複雑な迷路のように絡まり合っていた。

リールとロッドを手にしたその日、太一はさっそくそれを持って沼に出た。土手に立ち、手頃なルアーをラインの先に結び、沼に向けて思い切りロッドを振った。ABUの2500Cは、今まで使っていたリールとは比べものにならない感触で、ラインをいきおいよく送り出してルアーを飛ばした。

たった一回だけのその感触が、今でも太一の脳裏に焼き付いている。だがルアーが着水した瞬間に、思いもよらないことが起こった。そのままスプールの回転が止まらず、中のラインが脹《ふく》れ上がるように飛び出し、めちゃくちゃに絡まってしまったのだ。それがベイトリール特有のバックラッシュと呼ばれる現象であることを、スピニングリールしか使ったことのない太一はまったく知らなかった。

絡まったラインの上に無理矢理ラインを巻き取って、太一はリールを家に持ち帰った。だが、一度絡まったラインは、二度と解かれることはなく、現在までそのままになっている。

絡まったラインを、太一は見つめていた。解こうとすればするほど、余計に複雑に絡まってしまう。解くことは、無理なのだろうか。最後にはハサミで切り取り、捨ててしまうしか方法はないのかもしれない。

絡まったラインが、自分の心の中を映す鏡のように思えてくる。

昼を過ぎてしばらくして、叔母の静江《しずえ》が帰ってきた。玄関の戸の開け方と、歩く足音で叔母であることがわかる。台所で昼食の支度《したく》を始めた気配がする。昼食ができれば、太一を呼びにくるはずだ。

やさしい叔母だった。太一がこの家に引き取られてから、ただの一度さえ怒られた覚えはない。だからといって太一を気に掛けていないのではなく、愛情を持って接してくれている。

静江に子供がいないからだろうか、太一を実の息子とさえ思ってくれているようだった。その愛情に、自分が甘え切っていることも太一は気がついていた。

「太一君、御飯できたわよ。食べましょ」

その声を待って、太一は自分の部屋を出た。食卓には自分と静江の分の昼食が、すでに並べられていた。太一は自分の席に座り、手に持っていたリールを食卓の上に置いた。

「あれ、今日は叔父ちゃんと爺ちゃんはどうしたの」

太一が静江に聞いた。

「なんか寄り合いがあるらしいわよ。そこでみんなといっしょに食べるって。ほら、昨日また沼で人が死んだでしょ。夏休みも近くなるし、そのことで相談するらしいわよ」

「ふーん。なぜ死んだんだろうね」

「叔父ちゃんは、河童だって言ってたよ。だから太一君も、当分は沼で釣りするのはよしなさいね。ほら、早く食べましょう」

「うん。いただきます」

二人は食事を始めた。玉子焼きと煮物、味噌汁の平凡な食事だったが、太一はがつがつとそれを口に運んだ。体を動かさなくても腹は減る。そういう年頃だった。

食事をしながら静江が呟いた。

「それにしても、河童なんか本当にいるのかしらねえ」

「河童なんかいないさ」

「でも太一君だって、前に見たことあるって言っていたじゃない」

「あれは河童じゃないよ。何か他の動物さ。何かはわからないけどね」

「でも恐いわねえ。これで二人目だものねえ。それに今度死んだのは、爺ちゃんの知ってる人だって言ってたし」

「爺ちゃんの知ってる人？　それ、誰なの」

太一は箸《はし》を止めた。

「東京から釣りに来てた人だって……」

それを聞くが早いか、太一は箸を置いて立ち上がった。

「ちょっと出かけてくる」

食卓の上のリールを摑《つか》むと、そのまま太一は玄関を飛び出していった。

「待って、太一君、どこ行くの」

だが太一は止まらなかった。庭にある自転車に跨《またが》ると、有賀の住むキャンピング・トレーラーを目指し、全力でペダルを踏み続けた。

2

事件から一夜が明けた。いつもは平和なつくば中央署にとって、七月九日の月曜日は正に最悪の一日となった。

午前中に、この夏になって二回目の釣り人の変死事件が牛久沼で起きた。場所は前回と同じ西谷田川の細見橋上流付近で、しかも被害者は最初の事件の目撃者、木元良介だった。一時木元は、野村国夫殺害に関する重要参考人としてつくば中央署で事情聴取を受けていたこともある。

午後になり、今度は沼の無人島の廃屋《はいおく》で、白骨化した遺体を発見したという通報があった。通報者は地元の川漁師、吉岡源三である。漁の途中で島に立ち寄り、何気なく探索しているうちに偶然遺体を発見したとのことだった。遺体の身元は横川庄左。持っていた免許証から、大阪府の出身であることが確認された。

おそらくは何らかの事情を持つ蒸発《じようはつ》者であったのだろう。こちらの方は今のところ事件性は認められないが、それにしても二つの死体が一日の内に発見されたことにより、ただでさえも人手不足のつくば中央署は大騒ぎになっていた。

翌一〇日になっても、署内には慌しさが漂っていた。前日に引き続き、朝から県警などの応援を総動員して、木元良介の遺体発見現場近くの川浚《かわざら》いが行われている。

いくつかの興味深い遺留品が発見された。ひとつは、ゴムボート。これは木元の妻の証言により、木元が以前から釣り用に持っていたものであることが確認された。ボートは刃物で切り裂いたようにズタズタになり、細見橋の一〇〇メートルほど下流に流れ着いていた。

そのゴムボートのロープに、英国バーネット社のクロスボウが一丁絡み付いていた。ライフル銃のようなストックに、合金《ごうきん》の弓を組み合わせた強力な武器である。そこから放たれた矢は、乗用車のドアの鉄板すら簡単に貫通威力を持っている。

もちろん殺傷《さっしょう》力がある。事実ベトナム戦争などでは、同様のものが夜間のゲリラ戦の武器として使われたこともあった。そのような危険なものが、スズメしか殺せない空気銃を規制している日本で、未成年者でも無許可で買うことができる。だが今回の場合は、皮肉にもその所有者が被害者となったわけだ。

これらの遺留品から、あるひとつの事実が推察された。おそらく木元は、何らかの方法により〝河童〟の正体を突き止めた。武器を用意し、河童を退治しようと考えて牛久沼に出向き、逆に返り討ちにあった。

もちろんこれは、警察としての正式な見解ではない。つくば中央署の刑事阿久沢の、あくまでも個人的な推理である。

その阿久沢にしても、今のところ細かい経緯に関してはまったくわかりかねていた。木元の妻からも、参考になることはほとんど聞き出せなかった。

もうひとつ、これは今回の事件に関係があるのかどうかさえわかっていないのだが、沼から奇妙なものが発見された。重さ約二キロほどの腐肉の塊である。腐肉はワイヤーロープで縛られ、細見橋の五〇メートルほど上流に杭で固定されていた。鑑定の結果、肉は食用の豚肉であることがわかった。だがその腐敗の進み具合からして、少なくとも水中で五日は放置されていたものと推定された。それが、木元と結び付かない理由だった。木元が牛久沼に向かったのは、前日九日の夕方であることが妻の証言から確認されているからだ。

だからといって、杭に固定されていたことから考えても、誰かが意味もなく捨てたものではないことは一目瞭然《いちもくりようぜん》としている。誰が、何のために、このようなものを残したのか。まったくの謎であった。

木元の車、ボルボ240のステーションワゴンが現場近くの土手の上に乗り捨てられていた。しかし中には、釣り道具や寝袋などの通り一遍《いつぺん》のものがあっただけで、事件との関わりを示すものは何ひとつ発見されなかった。

午前中を事件現場で過ごした阿久沢は、昼食の後、つくば中央署に戻った。その阿久沢を待ち受けていたのは、水戸の県警から派遣されてきた野村事件の捜査副本部長、長富捜査一課長だった。

阿久沢と長富は、以前第一の河童事件の捜査方針について意見が対立していたことがある。一言でいうなら、馬が合わない相手だ。その後長富はしばらくつくば中央署には顔を見せていなかったが、今度の事件でまた呼び戻されたらしい。

阿久沢にしてみれば、あまりありがたくない再会だった。長富の顔を見た瞬間に、あの独特の胃が腐ったような吐息の臭さを思い出した。長富はあいかわらず不機嫌な顔で、デスクに座っていた。肘《ひじ》をデスクに乗せ、指先を組み合わせながらその上に顎《あご》を載せている。これもまた長富のクセだ。

「確か阿久沢君と言ったな。今回の事件も、現場の指揮をとっているのは君かね」

「一応そのようなことになってます。正式にではありませんが」

「そうか……。それでは伝えておかないとまずいな。いま水戸医大の大田先生から連絡が入った。木元良介の解剖所見が出たそうだ。まあ、特にどうということはない。死因は外傷によるショック死、つまり心臓麻痺《まひ》だな。右足の切断に関しては、野村のケースと同じように刃物の使われた形跡はない。死亡時刻は九日の午前五時から七時の間。つまり発見されたのは、死んだ直後ということになる。そんなところだ。何か質問はあるか」

「いえ。特にありません」

「それでは今日までの捜査状況を聞いておこうか。どうなっている」

「目撃者を始め、今のところ有力な手掛かりはほとんどありません。しかし川浚いの結果、木元の乗っていたゴムボートと、英国製のクロスボウが一丁発見されました。これは十分に殺傷能力のあるものです。こんなところですが……」

阿久沢はあえて、奇妙な腐肉の塊のことは黙っておいた。それが木元のものであることは今のところ確認できていないからだ。長富は阿久沢の説明の後も、しばらく目を閉じたまま何も言わなかった。静けさの中に、なんとなく気まずい空気が流れていた。

しばらくしてから、長富はゆっくりと目を開き、そして言った。

「今度の事件に関する君の意見を聞きたい。まさか、また河童が食べましたとは言わないだろうな」

「最初から河童が犯人だとは言っておりませんが。しかし、何らかの動物がかかわっているとは考えています」

「ほう……。それでは警察は、これからその動物探しをしなければならないわけか」

「そうですね。しばらくはその方針でやってみようと思ってますが」

「どうだろうね。こうは考えられないかな。野村事件の犯人はやはり木元良介で、しかも共犯者がいた。その共犯者が今度は木元と仲間割れして、第二の事件が起きた。河童は最初から、頭の良くない刑事を欺《あざむ》くための作り話だった。その刑事が誰とは言わないがね」

長富は皮肉を込めた口調でそう言った。

「では共犯者はいったい誰なんですか。先日の有賀とかいうルポライターは、完全にシロでしたよ」

「それを調べるのが君の役目だろう。有賀の件だって、元はと言えば君のミスだ。逆に傷害で告訴されなかっただけありがたいと思え」

今までの口調とはうって変わって、長富は大声を張り上げた。拳《こぶし》を握り、それを力まかせにデスクの上に振り下ろした。

長富が続けた。

「君はこのような事件に関わるのは何度目だね」

「初めてです。牛久市は平和な町ですから」

「刑事には向いていないようだな」

「そうかもしれません」

「君がどうしても河童を探したいのならそれは勝手だ。しかしやるのなら一人でやってくれ。ただしもし河童が捕らえられなかったら、まあ無理だとは思うがね、それなりの責任を取ってもらうよ」

「わかりました。それでは三〇分だけ時間を下さい。長富さんの納得のいく回答をお持ちします」

そう言って阿久沢は、長富の前から辞した。

自分のデスクに戻った阿久沢は、引き出しの中から便箋《びんせん》と封筒を取り出した。墨と筆を探したが、それは見つからなかった。仕方なく細いマジックで書くことにした。

封筒の上に、まず『辞表』と書いた。理由はごく平凡に『一身上の都合』ということにした。日付は空白にしておき、最後に自分の名と、実印を押した。

警察学校を卒業し、その後は一四年間、この道一筋に生きてきた。定年まで、おそらく平凡に勤めあげるであろう自分の人生に、一度たりとも疑問を持ったことはなかった。

その自分が、今はこうして辞表を書いている。阿久沢には、妻と二人の子供がいる。買ったばかりの家のローンが、まだ二五年以上も残っている。

女房が知ったら驚くだろうな、と考え、苦笑した。

書き上げた辞表を持って、阿久沢は長富の前に立った。辞表を静かにデスクの上に差し出した。長富は、特に驚くでもなく、黙ってそれを見ていた。

「これが回答です。もし河童を捕まえられなかったら、受理して下さい」

「わかった。一カ月だけ預かっておこう。それ以上は待たんぞ」

「結構です。ただし長富さん、もし私が勝ったらその時は覚悟してもらいますよ。その臭い息を吐き出す口に、一発入れさせていただきます」

　そう言って阿久沢は、大きな拳を長富の顔の前に突き出した。長富は、その気迫に気圧《けお》されたように、体を仰《の》け反《ぞ》らせた。

　不思議なことに、阿久沢の心の中に不安はなかった。むしろ今までの迷いが消えて、すっきりとした気分だった。これでもう殺人事件の可能性を考えることなく、河童か、それに近い動物を追うことに専念できる。自分の思ったままに行動できるのである。

　阿久沢は、以前河童を見たという少年から通報があったことを思い出していた。確か中学生と小学生の二人から、野村事件の翌日に電話があったはずだ。当時は署内でも笑い話にされただけで、まったく相手にする者もいなかったが、今となっては唯一の有力な情報である。

　捜査記録に残されていた少年の住所と名前を、阿久沢は自分の手帳に書きとった。稲倉太一と藤田正則の二人だ。

　稲倉……。確か野村事件を最初に通報してきた老人も、稲倉と言ったな……。

　阿久沢は手帳のページをめくった。

　稲倉正利。住所は稲敷郡茎崎町大舟戸。稲倉太一とは住所までまったく同じだった。

　稲倉太一は、稲倉正利の孫である。それは単なる偶然にすぎなかった。だがその偶然が、阿久沢が太一に対する興味を深めるきっかけとなったことも確かだった。

3

有賀は買ってきたばかりの新聞を握り締めた。

「なんてこった……」

ソファーに寝そべっていたジャックが、その声に驚いたように振り返った。有賀はキャンピング・トレーラーの天井を見上げたまま、しばらく動かなかった。

あの木元良介が死んだ。前の事件と同じ、西谷田川の細見橋付近で死体が発見されている。死因は不明。しかも新聞には、またしても河童の存在を暗示するような書き方がしてあった。

この日有賀は、書き上げた「アウトフィールド」誌の原稿を持って町に出かけた。原稿と撮影ずみのフィルムを郵便局から送り、駅で新聞を買って帰った。

いつもは一般紙しか買わない有賀だが、前日自分が無人島で発見した白骨死体の件が気になり、地元の茨城日報も一部買ってきた。

その茨城日報に、木元の事件が大きく報じられていた。有賀の発見した白骨死体に関する記事は、片隅に小さく載っているだけだった。

無人島の一件を警察に通報したのは、同行した漁師の源三である。有賀はその場にはいなかったことになっているし、横川庄左がカッパジジイと呼ばれていたことも伏せておいた。有賀の思惑《おもわく》どおり、新聞には一連の河童事件との結び付きに関してはまったく書かれていない。

問題は木元良介である。有賀はまだ一度も木元に会ったことはない。だが現在のところ、大人としては唯一《ゆいいつ》河童を目撃している木元に対し、少なからず興味を持っていたことは確かだった。いやむしろ、最終的には河童事件を解決する上で決め手となる人物であるとさえ考えていた。

前日の無人島の探索で、有賀は河童の存在に対するある程度の感触を摑んでいた。沼には確かに、何らかの人を喰うような動物が潜んでいる。だがその正体を特定するとなると、今のところは暗中模索の状態だ。

木元良介に会えば、その糸口が見つけられると考えていた。実際に有賀は、アウトフィールド誌に送った原稿をあえて〝前編〟とし、『次号では河童の正体を暴き、その写真を読者の皆さんにお見せできるはずだ』と結んだ。その根拠のひとつは、木元良介の存在によって裏付けされたものだったのだ。その木元良介が、有賀に何も語らぬままに死んでしまった。

なぜ木元は、あの現場に舞い戻ったのだろうか。

河童を探しに行ったのか。それとも自分一人で捕まえる気だったのか。だが今となってはすべて推察の域を出ない。

いずれにしろ木元は、河童の正体について、何かを知っていたことになる。そうでなければ、河童を目撃した現場に戻るはずがない。

八方ふさがりだった。アウトフィールド誌の締切は毎月一五日前後。もし次号に間に合わすとなると、一カ月以内には勝負を決める必要がある。時間があまりにも少ない。

まあ、なんとかなるさ。いざとなれば、家ごと逃げられるんだから……。

そう考えると、多少気が楽になった。

有賀は携帯電話を手に取り、アウトフィールド誌の番号を押した。

「もしもし。有賀でーす。矢野さんいます」

――あら、有賀さん。珍しいじゃない。ちょっと待っててね。今、矢野君を呼んでくるから――。

電話にでたのは、久美《くみ》という女性編集者だった。だいたい有賀は、どこの出版社でも女性には人気がある。信用はされないが、なんとなく面白い存在ではあるようだ。

しばらく待たされて、担当の矢野が電話口に出た。

──どうも、矢野です。今、どこからですか──。

「牛久沼だよ。まだ取材中だから」

──え、まだ牛久沼にいるんですか。締切が一五日だから、いくら有賀さんでも一八日くらいまでしか待てませんよ──。

よく心得ている。考えてみると、ここのところ有賀は締切を守ったことがない。

「心配するなよ。原稿は、今朝送ったよ。明日には着くでしょう。それよりも矢野さんさ、今日の朝刊見たかな」

──いえ、見てません。何かあったんですか──。

「牛久沼でさ、また人が河童に襲われたんだ。しかも今度は前回の目撃者、木元良介が被害者なんだ。やっぱり河童、本当にいるらしいぜ」

──へえ。ちっとも知りませんでした──。

「だから今回の原稿、一応前編ということにしといたからね。来月もグラビア五ページ空けといて。そんなわけで取材費も足りなくなったから、あと二〇万振り込んどいてね。よろしく……」

──ちょっと待った。それどういうことですか……──。

有賀は言うだけのことを言って、電話を切った。あとは野となれ山となれ、である。とりあえずこれで、あと一カ月は牛久沼で遊んでいられることになった。このまま東京に帰る気はまったくなかった。

さて、これからどうするかだ……。

そういえば、最近は満足に釣りもしていなかった。元来この沼に来た第一の目的は、ブラックバスを釣ることだったはずだ。その資金をせしめるために河童事件を利用し、アウトフィールド誌に売り込んだのだ。

それがいつの間にか、釣りを忘れて河童にのめり込んでいた。柄にもなく仕事に夢中になっていたのである。

まったく、おれらしくもない……。

そう思った瞬間には、有賀の手にロッドとタックルボックスが握られていた。

その時、誰かがドアをノックした。

有賀には、人が訪ねてくる心当たりがまったくなかった。訪ねてくるとすれば源三くらいのものだが、その源三にしても今日は漁に出ているはずだ。それに源三ならば、ドアをノックなどせずに、外から大声で有賀を呼ぶ。

また、ドアがノックされた。

「はい。ちょっと待って、今開けるから」

有賀は釣り道具をソファーの上に置くと、キャンピング・トレーラーのドアを開けた。目の前に、背の高い少年が立っていた。

「なんだ、太一じゃないか。どうしたんだ」

だが太一は何も答えなかった。ただ茫然《ぼうぜん》と、髭だらけの有賀の顔を見つめていた。


太一は、有賀がそこにいることに驚いていた。ノックはしてみたが、まさか有賀に会えるとは思ってもいなかったのである。

昨日また沼で人が河童に襲われた。被害者は東京から来た釣り人で、祖父の知っている人であるらしいことを叔母から聞いた。それだけのことで、太一は殺されたのが有賀であると思い込んでいた。

「どうしたんだ、鳩《はと》が豆鉄砲《まめでっぽう》くらったような顔して。上がれよ」

有賀がいった。

太一は黙って手に持っていたリールを差し出した。礼を言おうと思ったが、それが言葉にならなかった。目から、大粒の涙がこぼれ落ちた。

4

後佐貫の水門の方角から西谷田川に向けて、警察のモーターボートが走り抜けていった。

その様子を遥か彼方から眺めながら、有賀はカヌーを漕ぐ手を休めた。稲荷川の河口付近。その上の小高い丘の上に、木々に囲まれた河童の碑がある。

「この辺りはどうだ。釣れるかな」

有賀は前に座っている太一に声を掛けた。

「うん。数は出ないけど、太いのが来るよ。葦際から急に深くなってるから、ルアーはなんでも使えるし」

「そうか。それじゃあとりあえずここでやってみるか」

そう言って有賀は、鉄筋を溶接したアンカーを投げ入れた。

最近は水温が高くなっているので、ブラックバスの活性も良さそうだ。しばらく雨が降っていないこともあり、水の濁《にご》りも取れている。有賀はタックルボックスの中から黒いラバーの付いたスピナーベイトを選び出した。

太一も同じようにスピナーベイトを選び、それを真新しいラインの先に結んだ。バックラッシュを起こしていたラインはすべて有賀がハサミで切り取り、そこに新しいソラロームの一〇ポンドテストを一〇〇ヤード巻いてある。ABU・2500Cの深いスプールには多少短いが、逆に使いやすい長さでもある。

「さてと、まず使い方を教えなくちゃいかんな。ベイトリール、初めてなんだろ」

「うん……」

太一が恥ずかしそうに頷《うなず》いた。

「まずはこのドラグだ。これを適当に締める。ラインを手で引いてみて、やっと出ていくくらいかな。そしてルアーの重さに応じて、このメカニカルブレーキを調整する。最初は強めにしておいた方がバックラッシュが起きにくい。あとはロックを解いて、キャストしてやればいいんだが、ここだけ少しばかりこつがいる。ルアーが着水する直前に親指をスプールに当てて、ブレーキを掛けてやるんだ。これをやらないと、前みたいにバックラッシュが起きる」

有賀は座ったまま、オーバースローでロッドを振った。スピナーベイトは美しい弧を空中に描き、葦際に着水した。

「あとはハンドルを巻けば、自動的にロックが掛かる。簡単だろ。やってみろよ」

「うん」

そう言って太一は、カヌーの上に立ち上がろうとした。

「待った。座ったままだ。これは田船じゃないんだからな」

コールマンのカナディアンカヌーは全長約四メートル、幅一メートル弱しかない。有賀と太一、それに加えてジャックが乗っているので、ほとんど余裕はない。その上ただでさえもバランスを取るのが難しく、人間が立ち上がれば簡単に転覆してしまう。

太一は座りなおしてから、ロッドを右手に握った。左手でロックを解く。慎重に振りかぶり、まるで釣りをするのが初めての人間のように、恐る恐るロッドを振った。

スピナーベイトが投げ出された。それが空中で一度止まったかのように見えた。そのまま落下して、葦際のかなり手前に着水した。

だがバックラッシュは起きなかった。

「よし。まあ初めてにしたら上出来だな。親指でブレーキを掛ける時に、もう少し柔らかくやってみろよ。ちょっと意識しすぎだぞ」

「うん、わかった」

太一はうれしそうにそう言った。

一投目よりも二投目。二投目よりも三投目と、太一のキャストは回を追うごとに、目覚《めざ》ましく進歩していった。一〇投目を過ぎた頃には、完全に距離感を摑み、無意識のうちにポイントを狙い始めていた。有賀は自分の釣りも忘れて、それを黙って見守った。

最初はオーバースローで投げていた太一だが、馴れてくるとサイドスローを使ったり、アンダーから軽く投げたりと、いろいろなテクニックを試すようになった。やはり、筋がいい。この分ではベイトリールを使ったキャスティングでも、すぐに有賀を追い越すだろう。

有賀はアンカーを上げ、パドルを手にした。ゆっくりと、葦際と並行にカヌーを流していく。太一は有賀の意図を察したように、次々と目の前に現れるポイントに正確にスピナーベイトを送り込む。

二人の間に言葉はなかった。だが、心地好いほどの共鳴が存在した。自分はカヌーを操ることだけに徹していても、有賀は妙に楽しかった。

二本の杭の間の小さなポイントに、最高のタイミングでスピナーベイトが入った。一拍おき、ラインを巻き取る動作に移る。次の瞬間、太一のロッドが強く締め込まれた。

肘を折り畳むようにして、合わせた。完全にフッキングしたようだ。

太一が有賀の顔を見て、笑った。

「でかいぞ。慎重にやれよ」

「そうかな。それほどでもないよ」

「リールとロッドに力があるからさ。それで、小さく感じられるんだ。でもラインは一〇ポンドだぞ」

「わかった」

だが、心配は無用だった。太一は巧みなロッド捌きとポンピング・アクションで、余裕を持って魚を引き寄せてくる。水面から顔を出させると、ブラックバス特有の大きな下唇を親指で摑み、抜き上げた。そしてそれを、有賀の前に高々と掲げた。笑顔が輝いていた。

「やったな。四〇センチ近いじゃないか」

「うん。ABUの初めての獲物だね」

太一は手に持ったブラックバスを、いとおしそうに眺めている。下唇を摑まれたままのブラックバスは、バケツのような口をいっぱいに開き、なんとも滑稽《こっけい》な顔でバタバタと暴れている。

「どうする。殺すのか」

有賀が低い声で言った。太一が黙って有賀の顔を見た。笑顔が、消えていた。

「おれだって殺して食っちまうことはあるからな。まあ、あまりえらそうなことを言うつもりはないよ。だけどただ捨てるなら、生かしたまま逃がしてやったらどうだ。そいつの顔、見てみろよ。馴れない土地で、必死に生きてきたんだ」

「……………」

「釣った魚を逃がすのも、悪くないもんだぜ」

「うん……」

太一はブラックバスを、ゆっくりと水の中に戻した。手を放すと、そこで大きく体を翻《ひるがえ》して、沼の底に消えた。ジャックが、もったいなさそうな顔をして、その姿を目で追った。

「奴だって死にたくはないさ。おれ達と同じようにな。確かにブラックバスは害魚だけれど、悪いのは奴らじゃない。悪いのはそれを何も考えずに放流した人間なんだ。それに今さら一匹ずつ釣り上げて全滅させようったって、不可能だろう」

ブラックバスを殺しても、死んだ父親が生き返るわけじゃない。そう言おうとして、有賀はその言葉を呑み込んだ。太一はしばらくの間、ブラックバスが泳ぎ去った水面から目を離さなかった。

「どうした、釣ろうぜ。この沼のバスは一匹だけじゃないんだぞ」

「うん。そうだね……」

振り返った太一の顔に、少しだけ明るさが戻っていた。

それからも有賀は、カヌーの操船に徹し続けた。太一はいかにも少年らしく、釣りをしない有賀に遠慮することもなかった。ただひたすらに、自分の釣りに熱中している。ポイントに打ち込み、巻き取る。投げては引き、そしてまた投げては引く。脇を固く締め込み、右手首の動きだけでロッドを操る。無駄がない。だが、力強い。ロッドの弾力を最大限に利用している。いつの間にか太一は、初めて手にしたABU・2500Cを完璧《かんぺき》なまでに使いこなしていた。

何匹かのブラックバスが釣れた。小さなものもあったし、四〇センチを超す大きなものもあった。だが太一は、今はもう戸惑うこともなく、すべてを沼に放した。

ジャックがそれを不思議そうに見ていた。なぜ殺して食べないのかと言いたげに、有賀に抗議の目を向ける。

しかし、これでいいんだ。今夜はドッグフードで我慢してくれ。

有賀はジャックと目を合わす度に、心の中でそう呟いた。

西の空が夕日で赤く染まっていた。静かに押し寄せる黄昏《たそがれ》の気配を感じたのか、ウシガエルが太い声で合唱を始めた。水面の近くを飛びかう羽虫《はむし》を狙って、ブラックバスがライズを繰り返している。

それを見て太一は、ルアーをポッパーに換えた。夏場の夕まずめは、トップウォーター
で最高のバスフィッシングを楽しめる貴重な時間だ。ポッパーを選んだのは、的確な判断
だった。

一投目に、来た。葦際に落ちたポッパーを、水面から湧き上がった大きな口がひったく
るのが見えた。

「大きいぞ」

有賀が叫んだ。太一がロッドを胸に抱くようにして堪える。竿先が、満月のように曲が
って水面に達した。

「下に潜る気だ」

太一が言った。ロッドが強い力で締め込まれる。ABU・2500Cのドラグが正確に
作動し、ラインを送り出す。

急に動きが止まった。

「あれ、根掛かりかな。動かない」

「もう少しドラグを締めてみろよ」

「うん」

太一はドラグを締め、ロッドをあおってみた。その力でカヌーが、左右に大きく揺れ

た。だが沼の底に潜ったブラックバスは、根が生えたように動かなかった。

「ライン切っちまったらどうだ。根掛かりだろう」

「待って。魚はまだ付いてるみたい。竿先が少し震えるんだ」

よく見ると、確かにロッドの先が時々震えている。やはり魚なのだろうか。そこまで大物とも思えなかったが……。

その時、有賀は、ジャックの様子がおかしいのに気が付いた。ラインの先を凝視《ぎようし》したまま、体を強張《こわば》らせている。しかも喉の奥から、絞り出すような唸り声を発している。こんなジャックは、あまり見たことがない。

「どうしたんだ、ジャック。バスなんか別に珍しくもないだろう」

そう言って有賀は、ジャックの頭を撫でた。だがジャックは、そんな有賀にまったく関心を示さない。異常に、緊張している。

長い沈黙の時が流れた。有賀は太一とジャックを交互に気遣った。だがどちらも、水の中の〝何か〟に心を奪われている。重苦しさが、辺りを支配していた。有賀は為《な》す術《すべ》もなく、ただ見守っていた。

「あれ、急に軽くなっちゃった」

太一が言った。見るとロッドの先が立ってしまっている。ハンドルを回すと、ラインが軽く巻き取れる。

「なんだ、外れちまったのか」

「うん……。でもちょっと待って。何か付いてるみたい。少し重い感じがする……」

太一はラインを巻き続けた。確かに何かが付いているようだ。ロッドの先に多少の負荷がかかっている。だが、ブラックバスほどの重さはなく、またその動きも伝わってはこない。太一は水面まで巻き寄せると、ラインを摑み、それをカヌーの上に抜き上げた。

「なんだこりゃあ……」

「なにこれ……」

二人が同時に声を出した。そして顔を見合わせた。沼の底から引き揚げたものは、ルアーのフックを銜えたままの、おそらく五〇センチ近くはあったであろうブラックバスの頭部だった。

その口が、何かを言いたげにかすかに動いている。

カヌーの床にころがったブラックバスの頭を、有賀と太一は茫然と見ていた。ジャックが不思議そうに、それを鼻先でつついている。

異様な気配に臆《おく》したのか、今はもうウシガエルの鳴き声も、ブラックバスのライズも止《や》んでいた。沼は死んだように静かだった。

迷霧《めいむ》の日々

1

有賀の住むキャンピング・トレーラーのドアに、小さなアクリルの板が貼ってある。以前は白かった板が、今は長年の太陽光線と風雨によって黄色く変色し、そこに書かれている文字も半分消えかけている。

『書斎』

板にはそう書かれている。

このトレーラーは有賀の現在の家である。部屋もひとつしかない。それをあえて書斎と呼ぶことは、ある意味ではユーモアとも感じられる。だが有賀自身にしてみれば、書斎と書かれたその小さな板が、他人には理解できない大きな意味を持っていた。

有賀が少年の頃、父親が小さな書斎を持っていた。薄暗《うすぐら》く、雑然とした部屋で、母親はそれを〝物置〟と呼んではばからなかった。だが少年であった有賀にしてみれば、無断で立ち入ることを厳しく禁じられていたその部屋は、この上なく神秘的な空間に他ならなかった。

書斎は壁の一面が書棚になっていて、そこには古く重厚な書物が整然と並べられ、見る者を圧倒した。奥の窓際には小さなデスクが置かれ、その周りにはわけのわからない道具や、本や、その他のさまざまなものが散乱していた。

少年だった有賀が書斎を覗《のぞ》くと、父親はいつもそのデスクの前に座り、ダンヒルのパイプを燻《くゆ》らせながら空間を見つめていた。その姿が、今でも脳裏《のうり》に焼きついている。小さな商売に一生を費やした特に取り柄《え》のない父親だったが、書斎にいる時だけは不思議なほどの威厳《いげん》を湛《たた》えていた記憶がある。

夜になると、父親は必ず書斎の中に籠《こ》もっていた。母親はそれを好ましく思ってはいなかったのか、決まって機嫌《きげん》が悪くなり、何か適当な理由を考えては父親を呼んだ。呼びに行くのはいつも有賀の役目だった。そんなことが、何年か後に、家が手狭《てぜま》になって書斎が取り払われるまで続いた。だが書斎を失った後の父親は、なんとなく元気がなくなり、急に老けこんだように見えた。

父親にとって書斎はどのような意味を持つ空間だったのか。今の有賀には、それがなんとなく理解できるような気がする。

家が肉体の住む場所であるとするならば、書斎は男にとって精神の宿《やど》る場所ではないのか。男が男でいられるための、魂を保管しておくための空間なのだ。父親はその書斎を失ったために、男であることをも同時に失ったのではなかったか。

有賀もまた、今はすべてを失っていた。家、家庭、地位、名誉、経済力。そのほとんどがここ数年の間に無に帰している。だが最後に残された小さな空間、書斎だけは失いたくはなかった。書斎を失う時は、それは有賀が男であることを捨てる時か、もしくは書斎に頼ることなく自分を保てるだけの強さを身に付けた時でなくてはならない。その思いを込めて、有賀はこのトレーラーを書斎と呼ぶようになった。

ここ数日間、有賀は『書斎』に籠もっていた。あの時の父親のように、ただ何もない暗い空間を見つめながら、混沌《こんとん》とした時を過ごしていた。だがその手に握られているものはダンヒルのパイプではなく、安物のバーボンを満たしたバカラのワンショットグラスだった。

厚手のカットグラスは、飲み口だけが異様なほどに薄い。その舌ざわりは、味わうに値《あたい》するシングルモルトのスコッチ・ウイスキーなどであるとすれば、精緻《せいち》な味と個性的な芳香《ほうこう》を一段と際立《きわだ》たせてくれたことだろう。だが今の有賀には、バカラを満たす液体がスコッチであれバーボンであれ、アルコールが入っていさえすればかまわなかった。二日に一本の割で、ボトルが空になった。気が付くとキャンピング・トレーラーの床には、三本のジム・ビームの空瓶がころがっていた。

有賀は考えていた。

河童に関するさまざまなことが、頭の中を闇雲《やみくも》に交錯《こうさく》しては、現実と夢の間《はざま》に消えていった。

あの時、沼の底で何が起こったのか。

ブラックバスは確かに生きていた。生きていたからこそ、太一の放ったルアーにアタックしてきたのだ。しかも、五〇センチ近い大物だったはずだ。太一のロッドを絞り込み、カヌーの下に潜り、そして根の生えたように動かなくなった。

僅《わず》か数分のようでもあったし、一時間以上たったようにも感じた。ジャックが、異様な唸り声を発していた。浮き上がってきた時には、ブラックバスは胴から下がなく、頭だけになっていた。とてつもない恐怖が、体の中を電流のように走り抜けた記憶がある。

あの時、沼の底に確かに何かがいた。

河童?

まさか。あれは空想の怪物だ。そんなものが実際に存在するわけがない。何か、他の動物だ。そうに決まっている。だがそいつは、五〇センチもあるようなブラックバスを喰《く》い千切《ちぎ》った。

そう。喰い千切った。口で喰い千切ったんだ。そうとしか考えられない。だがそんな動物が、日本の沼にいるものだろうか。

白く、四角い顔……。

尖《とが》った鼻先……。

耳まで裂けた大きな口と小さな目……。

三角の突起がいくつもある背中……。

頭の上にある黒い皿……。

そして体は、人間の大人よりも大きい……。

木元良介が稲倉老人に語った言葉を思い出しながら、有賀はそのとおりのものを紙に描いてみた。だが先入観の影響もあるのだろうか、何回となく試みても、その絵は河童そのものになってしまう。もし河童ではないとすれば、いったい何なんだ……。

沼では、この二年間にいろいろなことが起きていた。大きな鯉が半分に千切れて浮いていたこと。水門の近くの白鳥が、少しずつ減っていくこと。破られた生簀。少年達の奇妙な目撃談。だがそれらはあまりにも漠然としていて、河童の正体を特定する決め手とはなりえない。

しかし……。

もし河童の正体が何らかの動物であるとするならば、それは両生類《りょうせいるい》か、もしくは爬虫類《はちゅうるい》ではないだろうか。常識的に考えても、哺乳類《ほにゅうるい》、鳥類、ましてや魚類である可能性はほとんどゼロに近い。有賀はそう考えていた。

いくつかの根拠がある。まず第一に、その動物は陸上で目撃されたことがない。ほとんどを水中で過ごしているし、長時間呼吸をしなくても生きていられる。それだけでも哺乳類と鳥類を除外する根拠としては十分だ。海ならばシャチやトドといった海獣《かいじゅう》ということも考えられるが、牛久沼は淡水の沼だ。その可能性は有りえない。

その動物は、カッパジジイと呼ばれていた横川庄左が飼っていた。それはほぼ、確実だろう。無人島の中の池で飼われていたものと思われるが、飼い主が死んだ後、おそらくは自力で池を脱出し、数十メートルも陸地を移動して沼に行きついた。陸上にいることを好まないが、その気になれば歩く（？）能力を持っている。これで魚類である可能性も消える。

しかもその動物は冬眠をする。横川庄左は餌として、少年や源三から生きたブラックバスを買っていた。だが、それは春から夏、秋にかけてのみで、冬には買っていない。庄左はその理由を〝河童は冬は寝ているから〟だと説明している。また有賀の最も身近にいる目撃者、太一少年は、自分の見た動物を〝恐竜の生き残りかもしれない〟と言っていた。冬眠する動物。恐竜の生き残り。そのどちらも、河童が両生類もしくは爬虫類であることを示唆《しさ》している。

だが、そこまでだった。種類を特定する段階になると、皆目見当《かいもく》もつかない。有賀の思考と想像力はそこで完全に停止してしまう。

デスクの上に、何冊かの本が積まれている。何日か前に、車で学園都市まで出て買い揃えてきたものだ。そのすべてが、両生類、爬虫類に関する図鑑《ずかん》かそれに類するものばかりである。

だが図鑑とはいっても名ばかりで、小学生などを対象とした絵本に毛の生えた程度のものがほとんどだった。挿絵や写真の質が悪く、説明も幼稚で、欠落している種も多い。何回となく目を通してみたが、今回の河童に該当《がいとう》するような生物は皆無《かいむ》だった。

せめてもう少しましな文献でも手に入れば……。

だが日本には、そのような図鑑など最初から存在しない。読み捨てにするようなマンガや雑誌はいくらでも作るくせに、学問に関するものとなるとどの出版社も申し合わせたように手をつけようとしない。理由は単純だ。売れないからである。

利益に直接結びつかないものは作らない。そのような知識も必要としない。そしてそれを、国民のほとんどが当然のことと考えている。世界でも有数の先進国と評されながら、碌《ろく》な動物図鑑さえ存在しない偏《かたよ》った現実に、誰一人として疑問さえ持つことなく生活している。そこに現代の日本の文化の、決定的な欠陥《けっかん》がある。

一連の河童事件も、実はそのあたりに起因《きいん》しているのではないか。有賀にはそう思えてならなかった。

きっかけを必要としていた。ささいなことでもいいから、河童の正体を知るためのヒントがほしかった。その思いを託《たく》して、横川庄左の大阪の実家に電話したこともある。

電話には、庄左の息子が出た。有賀が源三といっしょに庄左の遺体を発見した者であることを告げると、息子は快く応じてくれた。儀礼的な挨拶が主だったが、その中から庄左に関してはある程度のことを聞き出すことができた。

庄左はやはり、多少偏屈な人物であったようだ。高校の教師をしていたが、定年の後、突然退職金の半分を持って姿を消したらしい。それが四年ほど前のことである。それ以後、家にはまったく連絡すら入れなかった。原因は未だに不明だという。

有賀は庄左が動物を飼っていたことがなかったかどうかを聞いてみた。だが、期待していたような答えは得られなかった。庄左の妻が無類《むるい》の動物嫌いで、息子の知っている限りでは猫の子一匹すら飼ったことはなかったそうだ。庄左本人は、どちらかといえば動物好きだったらしいのだが。

有賀は丁重《ていちょう》に悔やみを述べて、電話を切った。

すべての道は断たれた。正《まさ》に八方ふさがりである。ただ無意味に過ぎていく時間を黙って見ていることだけが、有賀に残された唯一の方法であった。

あの時、自分の下に奴はいた。沼の底で、ブラックバスをその口に銜《くわ》えながら、息を殺して潜んでいた。おそらく三メートルほどの距離しかなかったはずだ。

しかも、沼の水は澄んでいた。もしあの時沼に飛び込み、潜ってみる勇気さえあれば、その正体の片鱗《へんりん》くらいは摑めたかもしれない。

だが、自分はどうだ。何もできずに、ただ恐怖に竦んでいた。そう思うと、悔しさがこみ上げてくる。

有賀は考えていた。無気力に考え続けていた。書斎という殻に閉じ籠もり、バーボンを体に流し込みながら、自分を取り戻す術《すべ》を見出そうとしていた。

2

七月一六日――。

気象庁はまだ梅雨《つゆ》の終わりを告げていなかったが、季節は完全に夏に移り変わっていた。強い太陽光線、木々の深い緑、熱い風、そして時折激しく降りつける雨さえも、梅雨のものとは明らかに異質なものに感じられた。阿久沢健三は、子供の頃によく遊んだ懐かしい土手の斜面に腰を降ろし、自分の最も好きな季節を味わっていた。

あと二五日か……。

心の中で呟いた。

阿久沢が捜査副本部長の長富正夫に辞表を叩き付けてから、六日が経っていた。一カ月。そう期限を決めての辞表である。阿久沢は一連の河童事件は、何らかの動物による事故であると主張した。その動物、もしくは河童を、あと二五日以内に捕らえなくてはならない。それができなければ辞表は正式に受理されることになっている。

つまらない意地を張ったものだ。だが焦《あせ》りは感じていない。心の中は不思議なほどに穏やかだった。

もう、小一時間もこうしている。土手の上に自分の車を止め、その下に腰を降ろし、沼の風景をぼんやりと眺めていた。

自由――。

一四年間、警察ひと筋に勤め続けてきた阿久沢には、縁のない言葉だと思っていた。結婚するにしても、車を買うにしても、休みを一日とるにしても、警察官はいちいち上司に伺いをたて許しを得なければならない。私生活にまで不条理《ふじようり》なほどの束縛を受ける。今まではそんな自分の立場に、疑問すら持ったことはなかった。

だが皮肉なものだ。今は自分だけの自由な時間がそこにある。誰に気兼《きが》ねをするわけでもなく、勝手気ままに過ごせる時間。考えてみると、こんなにのんびりとしたのは学生時代以来だろうか。

こうなれば、このまま警察を辞めてしまうのも悪くはないかもしれない。そんなことを考えられるほど心に余裕も生まれていた。

今まで阿久沢は、自由な人間をあまり好きではなかった。定職を持たず、家庭にも縁のないような人間を、どちらかと言えば嫌っていた。例えばあの有賀雄二郎のような男を……。

有賀雄二郎。考えてみると、変わった男である。職業はルポライターだと言っていた。

しかも家を持たず、一人でキャンピング・トレーラーで暮らしている。阿久沢とは河童事件の渦中《かちゅう》で出会い、初めて顔を合わせた次の瞬間には殴り合いをやっていた。阿久沢は有賀を殺人事件の犯人だと思い、有賀は阿久沢を泥棒《どろぼう》と勘違いしていた。今になって思い直してみると、なんとも滑稽《こっけい》な出会いだった。

逮捕した後も、やたらとふてぶてしかったことが印象に残っている。自分のアリバイについて必要最小限度のことを語っただけで、あとは何を聞いてもそっぽを向いていた。たまに口をきくと、腹が減ったとか、酒が飲みたいとか、釣りがしたいとか、碌《ろく》でもないことしか言わない。

結局あの男はシロだった。釈放される時にも実に世間離れしていて、なんとも摑みどころがなかった。ただ最後に阿久沢と別れる時に、今度会ったら覚悟しておけと、そう言い残して去っていった。

本来ならば、誤認逮捕をした阿久沢が、逆に告訴されてしかるべきである。だが有賀は、そんなことにはまったく興味がないようだった。最後までケンカの勝ち負けだけにこだわっていた。大人なんだか子供なんだか、まるで見当もつかない。不思議な男である。

阿久沢は有賀を好きではなかった。少なくとも以前は、敵でこそあれ、味方になることはない相手だと考えていた。だが今ならばなんとなくあの男のことを理解できるような気もする。

　もう一度、会ってみるか……。

　それには理由があった。ここ数日、阿久沢が独自の捜査を開始してからというもの、何回となく有賀の名を耳にしているのである。

　阿久沢は手始めに、河童を見たと通報してきた中学生と小学生に会ってみた。稲倉太一と藤田正則の二人である。どちらの話も確かに信ずるに足るものであったし、また木元良介の話の内容との共通点も見出せた。それだけでも阿久沢にとっては、自説を裏付ける根拠として大いに参考になった。

　そして、何よりも意外だったのは、どちらの少年も有賀を知っていたことだった。阿久沢に会う以前に、河童の目撃談を有賀に聞かせていたと言う。

　それからも何人かの少年達に出会い、河童の話を聞いた。やはりその背後には、いつも有賀の影がちらついていた。

　阿久沢の進むべき道の遥か前方に、いつも有賀が歩いている。自分はその足跡を追っているにすぎないとの思いがあった。

　もしかしたら、目指す目的も同じなのか。有賀も自分と同様に、河童を捕らえようとしているのではなかろうか。そう考えると、有賀という男に逆に親近感さえ湧いてくる。

やはり会ってみるべきだ。何も逃げることはない。もう一度、最初の時のように殴り合いになったとしても余興《よきよう》と思えば面白いではないか。

阿久沢は手元に落ちていた石を拾い上げ、夏の沼に向かって投げた。水面に、小さな波紋が広がった。だが、その波紋が消えるのを待たずに立ち上がり、車に乗り込んで走り去った。

有賀がキャンピング・トレーラーを置いている場所は、正に陸の孤島である。舟を使って沼から行くか、それとも森の中の細い道を抜けるか、どちらかしか方法はない。しかもその道は、半分以上が草木に覆われたいわば廃道に近いものだ。ピックアップや4WDならまだしも、乗用車で走るのは気が引けるほどに路面も荒れている。

だがその道を、阿久沢は昭和五七年式の古いブルーバードのセダンで強引に走り切った。どうせあと半年もして車検が切れればスクラップにするような代物《しろもの》である。走る能力はまだしっかりしているが、ボディーは傷だらけで半分腐っている。下回りが路面に当たってゴツゴツ音をたてるが、そんなこともまったく気にはならない。

森を抜けてしばらく走ると、有賀のトレーラーと赤いランドクルーザーが見えてきた。辺りの風景や、車の配置までが以前とまったく同じで、それが妙に懐かしくさえあった。

確か茶色の大きな犬がいたはずだ。力強く、利口《りこう》そうな目をした、若い犬だった。そしてあらゆる犬の常であるように、その犬もまた主人である有賀に対し忠実だった。有賀と戦う阿久沢に向かって、繫がれている鎖を引き千切らんばかりに吠えかかってきた。

その犬に出会うことだけは、さすがに阿久沢としても気が重かった。戦う相手として犬は苦手だ。犬が好きだからだ。庭の広い家に住めれば、あのような犬を飼ってみたいとさえ思う。

有賀のような奴ならば多少痛めつけても心は痛まないが、相手が主人思いの犬となるとそうもいかない。しかも手を抜けば、自分がやられる可能性もある。

だが都合のいいことに、この日は犬の姿は見えなかった。車を降りてみても、まったく気配は感じられない。阿久沢は用心深く辺りに気を配りながら、トレーラーに向かった。

ドアをノックしてみる。返事はない。

もう一度ノックした。だがやはり返事はない。トレーラーの後部に設置されている発電機が回っているところをみると、少なくとも有賀本人はいるはずなのだが……。

ドアのノブを回すと、鍵はかかっていなかった。そのままドアを開けると、中からエアコンの冷たい空気が流れ出してきた。ウイスキーの臭いが、ツンと鼻を突いた。

薄暗く、殺伐とした部屋である。床とそれ以外のものが区別できないほど、あらゆる物が散乱していた。職業柄、何回か空き巣に物色された部屋を見たことがあるが、これほどひどいのは初めてだった。中に数歩足を踏み入れると、いきなりウイスキーの空瓶を踏みつけて転びそうになった。

カタカタと、今にも壊れそうな音をたててエアコンが風を送り出している。その音に負けないほどの大きな鼾《いびき》が、狭い室内を揺るがしていた。鼾は、ソファーの上に転がっている粗大ゴミのような〝物体〟から発せられていた。その〝物体〟が、どうやら有賀雄二郎であるらしかった。

近くに寄ると一段と酒臭さが増した。阿久沢は明かりをつけ、有賀の肩を揺すった。鼾が止まり、しばらくして、無精髭《ぶしょうひげ》に覆われた顔の中で眩《まぶ》しそうな目が開いた。

「なんだ……この野郎……。何しに来やがった……」

有賀は右手で明かりを遮《さえぎ》りながら、阿久沢を睨《にら》みつけた。

「覚えててくれたか」

「忘れるわけ、ねえだろうが。それにしても汚い野郎だ。いつもおれが酒飲んでる時に来やがって。そんなに素面《しらふ》の時のおれが恐いか」

「まあ待てよ。今日は喧嘩《けんか》をしに来たわけじゃない。話があって来たんだ」

「話……。それはまたどういう訳だい。ところでおまえ、よくここまで入って来られたな。ジャックに会わなかったのか……」

「ジャックって、あの犬のことか。それなら見なかったぞ」

「くそ。朝から姿を見ないと思ったら、またどこかをほっついてるな。まったく役に立たない犬だ。まあ、いい。それで話っていうのはなんだ」

そこまで話して、やっと有賀は体を起こした。

「君の持っている河童に関する情報を知りたい」

「河童……。河童ってあの河童か。そんなもんこの世の中にいるわけないだろうが。頭どうかしたんじゃないのか」

「はぐらかすなよ。こっちもある程度は知ってるんだ。河童でだめならば、人間を二人も喰った動物、と言いなおそうか」

「ほう。人間をねえ。それは沼で死んだ野村と木元のことかな。あれは殺人事件じゃなかったのか」

そう言って有賀は、口元に薄笑いを浮かべた。

「そう。確かに最初はそう思っていた。しかしこちらにもいろいろと事情があってね。最近は河童説に傾倒してるんだ。稲倉太一にも昨日会って、話を聞いてきたよ」

「太一か。あいつ、何か言ってたか」

「君に話したことは私も聞いてるよ。二年前に沼で見た怪物のこともな」

有賀は少し安心した。どうやら先日、沼で釣りをしていてブラックバスを喰い千切られたことまでは話していないらしい。

「それで、何が知りたいんだ。しかし、ただじゃあ何も教えられないぜ」

「もちろんだ。私の持っている情報も君に提供しよう。河童を追ってるんだろう」

「よし、わかった。それじゃあまず先にあんたから話してもらおうか。知ってることは全部だ」

「いいだろう」

阿久沢は順を追って話し始めた。

六月一七日に最初に河童事件の通報を受け、自分が現場に急行したこと。木元良介から直接聞いた話の内容。発見された被害者、野村国夫の解剖所見。その後の捜査経過。なぜ自分が河童、もしくは何らかの動物が関連しているという考えに至ったのか、その理由。そして第二の事件。今度は被害者となった木元と、その遺留品についての説明。阿久沢の話の内容は多岐《たき》に及び、明快で、かつ要所を押さえたものだった。

もちろんその話の中には有賀がすでに知っていることもあった。だが野村、木元の両被害者に関する解剖所見や、木元の遺留品、特に正体不明の腐肉に関する情報は、有賀にとっては十分に新鮮だった。

有賀はその話の最中に、納得のいかない点があれば質問をぶつけてみた。それに関しても、阿久沢の知っている範囲内で的確な回答が返ってくる。

阿久沢は何も隠さなかった。本来は警察内部だけの極秘事項に関しても、すべてさらけ出した。有賀にもその誠意は十分に伝わっていた。もし阿久沢が言わなかったことがあるとすれば、あと一カ月、正確には二五日以内に河童を捕らえることができなければ、自分が警察を辞めるということだけだった。

「さあ、これで全部だ。もう何も知ってることはない。今度は君の話を聞かせてくれないか」

「そうだな。まあここまで聞いちまえば、こっちも教えないわけにはいかないだろうな。それじゃあまずカッパジジイのことだ。この間、木元の死体が上がった日に沼の無人島で老人の白骨死体が発見されただろう。あの件について何も知らないのか」

「カッパジジイ？　あの川漁師が見つけたとかいう大阪出身の浮浪者の死体のことか。あれが今回の事件と何か関係があるのか」

「大ありさ。あの老人、横川庄左っていうんだけどな、あいつが河童を飼ってたんだよ。あの島の池でね。そいつが老人の死んだ後、沼に逃げ出したんだ」

「河童を？　そいつは初耳だな。しかしなぜまたあの件に、そんなに詳しいんだ」

「発見したのがおれだったからさ。漁師の源三といっしょに、あの島に行ってたんだよ。また難癖つけられて誤認逮捕でもされたらかなわんから、黙ってただけだ」

阿久沢はそれを聞いて苦笑した。

「で、その河童の正体は？」

「それがわかったら苦労はしないさ。でもおそらく、爬虫類だろうな」

なぜ爬虫類なのか。有賀は自分の考えがそこに行き着いた経過を説明した。阿久沢にしても、爬虫類と聞いて思い当たる節《ふし》もあった。野村の死体は、頭から喰われていた。もしその動物がトラやライオンといった哺乳類なら、まず例外なく腹から喰うはずだ。あの法医学者、大田浩信の言葉である。だが相手が爬虫類ならば、その疑問にも説明がつくかもしれない。

また有賀は、河童が両生類である可能性も今は否定していた。理由は第一に腐肉である。腐肉が木元の用意したものであり、また河童を誘《おび》き寄せるための餌であったと仮定すれば自然と両生類である可能性は消える。一般的に両生類は、死肉を喰わないからだ。

第二に野村国夫の遺体の欠損部分が、約一八キロもあったという点である。血液や肉片など多少は沼に流れてしまったことを考えても、一四〜五キロもの量の肉を一度に喰ったことになる。両生類には、そのような大食漢《たいしょくかん》は存在しない。現存する最大の両生類は、日本の清流に住むオオサンショウウオだが、それでも全長は一三〇センチ、体重二〇キロ弱が限界である。

「爬虫類か。なるほど一理あるな。すると考えられるのは、ワニか」

阿久沢が言った。だが有賀は、それを聞いて笑い出した。

「ワニだって。まさか。それは有り得ないと思うぜ。確かに一五キロもの肉を一度に喰って、背中がゴツゴツした爬虫類となればワニが思い浮かぶけどな。刑事さんの頭の中っていうのは、意外に単純なんだな」

「どうしてだ」

「いいか、考えてもみろよ。木元はその動物を〝河童〟だって言ったんだぜ。大の大人が、ワニを一度も見たことがなかったなんて有り得ないだろ。それにワニの頭には、黒い皿なんて載っかっていない」

「しかし、慌てて見まちがえたということもある」

「強情だな。いいか、そいつは少なくとも二年前からこの沼に住んでるんだ。つまり、最低でも二回は冬を越している。ワニは、中国に住むヨウスコウワニなどの特別な例を除いて、冬眠はできないんだよ」

「そうか……」

それならば河童の正体は何者なのか。だが有賀と阿久沢の知識を交換しても、現段階ではそれを特定することは不可能だった。やはり、突き破らなければならない確固たる壁が、二人の前に立ち塞《ふさ》がっていることにまちがいなかった。

「君は、確かルポライターだといったな。河童のことを調べて本に書く。しかし本当の目的は、それだけじゃあないんだろう」

「そうだ。奴を、捕まえようと思ってる」

「やはりな。目的はまったく同じというわけか。どうだろうな。これからは、手を組んでやる気はないかな」

「あまり、気は進まんな。しかし、どうしてもと言うなら考えてもいい。ただし、条件がある」

「条件？」

「そうだ。条件だ。まず第一にあんたのその服装だ。安物の背広にネクタイっていうのが、どうにも我慢できん。おれはセンスのない奴とは組まないことにしてるんだ」

「…………」

「それからジャックだ。あいつはおれの仲間だからな。ジャックがだめだと言えば、絶対にだめだ。そしてもう一つ、この件が終わったらもう一度、おれと勝負しろ。今度は負けないぜ。条件はそれだけだ」

「わかった。その三つとも、なんとかしよう……」

阿久沢にはどうにも有賀が理解できなかった。多少は粗野《そや》なところもあるが、確かな分析力を持ち、頭は悪くはない。そうかと思うと、急に子供のようなことを言いだす。

その真意が読めない。いや、最初からこの男には、裏などないのだろうか。だが今の阿久沢には、有賀のその不思議な能力が、どうしても必要なことだけは確かだった。

有賀と別れた後、阿久沢はしばらく沼の周りで暇をつぶし、夕方に自宅に戻った。長富副本部長と河童の一件でぶつかってからは、一度も署には顔を出していない。だが、朝にはいつもどおり家を出て、夕方には帰る。事情を知らない妻や子供達は、ここ数日阿久沢の帰りが早いことを素直に喜んでいた。

夕食の後、水戸の大田浩信の自宅に電話を入れた。以前大田が言った、動物は獲物を必ず腹から喰う、という言葉が気にかかっていたからである。もしその動物が爬虫類だとしたら、頭から喰う可能性があるのか。それだけはぜひ確かめておきたかった。

阿久沢の質問に対し、大田はいかにも法医学者らしい慎重な回答をよこした。自分は爬虫類には詳しくはないことを前置きした上で、その可能性は十分に有り得るだろうと言った。その一例として、爬虫類ではないが、以前茨城県内で起きた海水浴客の鮫《さめ》による事故の話を付け加えた。それだけでも阿久沢には説得力のある意見だった。

だがその大田の傍《かたわ》らで、二人の電話の会話に聞き耳を立てている男がいたことを阿久沢は知らなかった。

「やはり、電話は阿久沢君ですか」

電話が切れるのを待って男が言った。男は長富副本部長だった。

「そう、君の言ったとおり、やはり電話をしてきたな。爬虫類がどうしたとか、そんなことを言っておった」

大田は笑っている。

「そうですか。何かを摑んだようですね。まあこれからも、彼のことをよろしくお願いします」

「それで、どうするのかね。辞表の件は」

「いや、あれを受理するつもりはありません。私も若い頃には彼のようなところもあった。しかしそれを最後まで押し通す気骨《きこつ》に欠けていた。彼のような男こそ、これからの警察には必要なのかもしれない。まあ、あと二五日して河童を発見できなければ、彼の処遇は私の自由にさせてはもらいますがね」

「そうか。それを聞いて安心したよ」

大田はそう言って、長富に酒を勧めた。酒は以前阿久沢がこの部屋で飲んだのと同じヘネシーだった。だが長富は、自分がここ数年ひどい胃潰瘍《いかいよう》で苦しんでいることを理由にそれを辞した。

長富は、署内では一度も見せたことがないほど穏やかな顔をしていた。

3

牛久沼には河童が住んでいる。

そう考えているのは、有賀や阿久沢だけではなかった。いやむしろ第二の犠牲者が出てからというもの、事件を人間によるものと考える者はほとんどいなかった。牛久沼の周辺に住む地元の人間はもとより、この事件をニュースで聞きかじった者に至るまでが、今や河童もしくは何らかの動物の存在を信じて疑わなかった。もちろんその中には、新聞、雑誌、テレビ局などのマスコミ関係者も含まれている。

彼らの多くは最初のうちこそ事件性のみを重視し、ニュースのネタとして取り扱っていたが、最近では〝河童〟そのものに注目するようになってきている。扱いも、単なるニュースから特集記事、バラエティー番組の企画等に格上げされた。野村国夫や木元良介は、時に悲劇の主人公として、またある時には怪物と戦った英雄として頻繁《ひんぱん》にマスコミに登場するようになった。

沼はマスコミ関係の人間でごった返していた。モーターボートや撮影車、大がかりな機材が大量に持ち込まれ、至るところで取材合戦が繰り広げられた。中にはプロのスキューバダイバーや魚群《ぎょぐん》探知機を持ち出すテレビ局もある。どこの社も、河童の姿を一瞬でもフィルムに収めようと躍起《やっき》になり、できれば捕らえようと必死だった。どこから湧き出たのか、河童評論家なる人物までが登場して、カメラの前で河童の正体をもっともらしく講釈することもあった。

漁師の源三も、この沼で最も河童に詳しい人物というふれ込みで何回か番組に担《かつ》ぎ出された。口では面倒臭そうに言ってはいるが、実はかなりうれしかったようで、その番組を録画するためにわざわざビデオデッキを買ったくらいである。なんだかんだと用をこじつけては有賀を家に呼びつけ、そのビデオを何回も見せて悦に入っている。

源三は、今やちょっとした地元の名士気取りだった。テレビに出ている源三は、いつも薄い頭をポマードで撫《な》でつけ、一張羅《いっちょうら》の白い開襟《かいきん》シャツを着て顔が引きつっていた。

「河童の正体は、老獪《ろうかい》なスッポンであります……」

源三はテレビのインタビューでそう断言した。自分が以前、もう二〇年も前になるのだが、牛久沼で甲羅《こうら》が洗面器ほどもある大物を捕まえたことがあったからだ。だがその時のスッポンは、最初のインタビューで〝座蒲団《ざぶとん》ほど〟にまで成長し、最後には〝畳二枚分〟にまで膨れ上がっていた。

有賀はそれを見て大笑いをしたが、さすがに当《とう》の源三はうつむいたまま何も言い返さないでいた。だが源三は有賀に義理立てをしているのか、カッパジジイの一件に関してはテレビで一言も漏らしてはいなかった。

騒然とした沼の雰囲気から逃げるようにして、有賀は一度、東京に戻ることにした。家、といっても駐車場を二台分借りているだけだが、そこに立ててあるポストの中の郵便物も気になる。どうせ税金や公共料金の督促状《とくそくじょう》やダイレクトメールの類《たぐい》ばかりだろうが、それにしても一カ月近くも帰っていないので多少は気にかかる。

そしてもうひとつ、あまり期待は持てないのだが、木元良介の妻にも会っておきたかった。木元の亡き後も、彼女は中野でオリオンというバーをやっているらしい。そのために店の住所と電話番号、木元の容姿から出身大学に至るまでを、有賀は阿久沢から聞き出していた。

もちろんつくば中央署では、今までに何回も木元の妻に事情聴取を行っている。だが今回の事件の参考になるような事実は何も聞き出せなかったことも、有賀は阿久沢から聞いて知っていた。

それでも一度は自分で話を聞いて、納得しておきたかった。今の有賀には、どんなにささいなことでも、きっかけになるものが必要だった。

店は中野区の商店街の、小さなビルの地下にあった。有賀はジャックをランドクルーザーの中に待たせておいて、中に入った。店は意外と広く、バーというよりもパブレストランといった感じで、白木を多用した落ち着きのある造りだった。生前木元良介が釣ったものだろうか、体長約九〇センチ、一五ポンドクラスのスチールヘッドのフィッシュマウントが正面の壁に飾られていた。

カウンターに座って、コーヒーを注文した。店には三人の従業員がいるが、女性は一人だけだ。年齢的にいっても、それが木元の妻であることはすぐにわかった。

「木元美和子《みわこ》さんですね」

最初有賀に声を掛けられると、彼女は怪訝《けげん》な顔をした。いきなり名前を呼ばれたのだから、それも当然だろう。それに、これは後でわかったことだが、彼女は最近マスコミ関係の人間に追い回されていて多少神経質になっていた。だが有賀が、自分は木元良介の大学時代の後輩（もちろんこれは作り話だが）であると名乗ると、やっと表情が和《やわ》らいだ。

年齢は四〇歳前後でなかなかの美人だが、派手さはない。このような事件さえなければ、むしろ華やかな雰囲気を持ったことを偲ばせる。

それからしばらくは、木元の思い出話に花が咲いた。とはいっても話すのは一方的に彼女の役目で、有賀はほとんど聞き役に回っていた。時に彼女は、生前の木元を思い出すのか、感情が高ぶって目に涙を浮かべることもあった。彼女の話から、木元は学識が豊かで、男気が強いといった意外な一面があったことも知った。

最後にひとつだけ、有賀は彼女に尋ねてみた。木元が警察から戻った後は、どんな様子だったのか。今回の事故が起きるまでに、何か不自然な点は感じられなかったのか。それだけはぜひとも確かめておきたかった。

それについて彼女は多少考えた後、次のように答えた。

「日中は二、三時間外出することはありましたけれど、夜はほとんど店に出ていました。生活のペースは、以前とまったく同じでしたよ。ただ一回だけ事故の一週間ほど前に、伊豆《いず》に釣りに行ってくると言って店を休んだことがありましたわね。何も釣れなかったようですが。事故の当日も、牛久沼に釣りに行くと言っていたんですけど……」

聞き出せたのはそれだけだった。もし不自然な点があるとすれば伊豆に行ったということぐらいだろうか。

木元は一人で伊豆に行ったらしい。だがそれは、以前からよくあったことだった。ただし今のシーズンに海釣りをやって、一匹も釣れなかったという点が何となく不自然なような気もするが。

もし裏があるとしても、ある程度の推理をすることは可能だ。木元は何かの理由により、河童の正体を爬虫類であると見破った。しかもそれを、阿久沢と同じようにワニではなかろうかと考えた。そのワニに関する知識を得るために、釣りと偽《いつわ》って伊豆に出かけた。伊豆の熱川《あたがわ》温泉には、世界でも有数の熱川ワニ園がある。

ワニであることを想定して、木元は準備を調《ととの》え、牛久沼に向かった。それならば腐肉を用意したことも納得がいく。ワニは、腐肉を好む動物として知られているからだ。だがそれにしては武器として用意したクロスボウは、あまりにも力不足ではあるが。

そして木元は沼で予想外の生物と出合い、逆に殺された。

いやそれとも河童の正体は、本当にワニだったのだろうか……。

結局有賀はほとんど何も収穫のないまま、牛久沼に戻ってきた。そしてまた元のように『書斎』に籠《こ》もってウイスキーに浸りながら、暗鬱《あんうつ》な時を過ごすこととなった。だが源三や太一、阿久沢が入れ替わり立ち替わり訪ねてきては無駄話をしていくので、退屈を感じることはなかった。時に気が向けば、太一といっしょに沼にブラックバスを釣りに行くこともあった。

最近はジャックもキャンピング・トレーラーにいることが多くなった。阿久沢が出入りしていることを知って気にしているのか、それともウイスキーに浸り続けている有賀を心配してのことなのか。少なくとも阿久沢に関しては有賀と親しく話すのを見て、害のない人物であることがわかったらしく、態度を和らげてきている。阿久沢もジャックにはかなり気を遣っているらしく、有賀を訪ねるたびに犬用のソーセージなどの土産《みやげ》を持ってくる。

そんなある日のことだった。有賀がいつものごとく昼間からウイスキーを飲んでいるところへ、ふらりと太一がやってきた。

太一の表情は最近日増しに明るくなってきていたが、その時だけはどことなく様子がおかしかった。部屋に入ってきて、しばらく何も言わず、立ったまま茫然と有賀の顔を見ていた。なんとなく、顔色が青ざめているようですらあった。

「どうしたんだよ。そんな所につっ立って」

「うん……。河童が、見つかったんだって」

「えっ。何て言ったんだ」

有賀には、最初太一の言っていることがよくわからなかった。

「だから、その……。今、田船で泊崎の近くを通ったんだけど、テレビ局の人が沢山《たくさん》いて……。河童の子供が捕まったって、大騒ぎしてるんだ……」

「何だって」

有賀はバネが弾けたように立ち上がった。

河童の子供が捕まった。太一は確かにそう言ったのだ。

頭の中から、急激に酔いが醒《さ》めていくのを有賀は感じていた。

伊豆《いず》の河童《かっぱ》

1

牛久沼の泊崎は、東谷田川と西谷田川の河口の間に位置する岬《みさき》である。

古くから水田地帯として開発されてきたが、また同時に水害の多い地域としても知られていた。そのために江戸時代末期より再三護岸《ごがん》工事が行われ、現在に至っている。

その先端には、昭和初期に造られたセメントの護岸壁が今でも残っている。周辺の護岸壁が、近代的なブロックを組み合わせた整然としたものであるのに対し、セメントで塗り固めただけの泊崎のそれはなんとも武骨《ぶこつ》である。水面からの高さが二メートルほどで、ほぼ垂直に立ち、まるで海際の防波壁を想わせる風貌《ふうぼう》を持つ。

有賀が太一の田船で泊崎に近づくと、その護岸壁の上に十数人の人だかりがしていた。

壁の下には、最近雨が少ないこともあってか、砂泥の浜が露出している。浜の上にも五人ほどの人間が立っていて、それがテレビ局の撮影隊であるらしいことがすぐにわかった。テレビカメラやレフ板を持った者もいる。その足元に、メッツラーのエンジン付きゴムボートが二台、浜に乗り上げている。

撮影隊から五〇メートルほど離れた場所で、太一は田船を岸に着けた。そこに古い梯子《はしご》が掛かっていた。有賀は岸に飛び降りると、梯子を登り、護岸壁の上を走った。太一もその後に続く。

人だかりがしている場所に近づくと、有賀はそれを無造作《むぞうさ》に掻《か》き分けて前に出た。その厚かましさに文句を言う者もあったが、有賀はまったく気にもしなかった。

護岸壁から上半身を大きく乗り出し、下を覗《のぞ》き込む。カメラマンの足元に、小さな生物がうずくまっているのが見えた。

「なんだ、ありゃあ。ただのスッポンじゃないか」

そう言うと有賀は、げらげらと大声で笑いだした。ディレクターらしき男が、じろりと有賀を睨《にら》んだ。

甲長三〇センチは超えているだろうか。スッポンとしては確かに大物の部類に入る。だがそれを〝河童の子供〟と呼ぶのは、あまりにも安易《あんい》な感覚だった。よく見るとカメラのレンズの正面に、例のごとく頭をポマードで撫《な》で付けた漁師の源三が立っていて、真剣な顔で講釈をしていた。

「どう思う、有賀。あれを……」

声を掛けられて振り向くと、そこに阿久沢が立っていた。有賀とは対照的に、阿久沢は真剣に様子を見守っている。

「なんだ。あんたも来ていたのか。どう思うかって言われてもなあ。スッポンが人を喰うほど大きくなるなんて話は、一度も聞いたことはないぜ。河童の正体がスッポンだという説は、昔からあるけどもな」

確かに河童はスッポンであるとする説は存在する。河童の正体に関しては昔からいろいろと取《と》り沙汰《ざた》されていて、河童族と呼ばれる少数民族説、カワウソなどの動物説など地方や時代によってもその内容は千差万別である。その中でもスッポン説（もしくはその他の亀であるとする説）は、特に多く語り継がれるもののひとつである。日本全国に分布する河童の想像図が、一様《いちよう》に甲羅《こうら》や水掻《みずか》きを持つという点で共通していることもそれを裏付けている。また河童の頭に載っているとされる丸い皿は、水に浮かんで日光浴をするスッポンの背を見間違えたものだとする説もある。

牛久沼のある茨城県内にも、次のような伝説が残されている。

昔、境町《さかいまち》の志鳥《しとり》という集落に『河童屋』という小さな店があった。店の主人は藤吉《とうきち》という男で、代々河童の生き血だけを売る店として知られていた。

河童の生き血は万病《まんびょう》に効く。その噂を耳にして、ある日近くに住む一人の若い男が河童屋を訪れた。その男は原因不明の病に侵されていて、医者にも見放されていた。そこで藁《わら》にも縋《すが》る思いで、当時としては高価だった河童の生き血を飲んでみる気になったのだという。

河童屋の藤吉は、注文を受けるとわざわざ江戸の河岸まで河童を仕入れに行く。河童はどれも身の丈一尺（約三〇センチ）ほどの小さなものばかりで、竹で編んだ行李《こうり》の中に入れられていた。

藤吉は河童をまな板の上に仰向《あおむ》けに寝かせると、苦しがって首を伸ばすのを待ち、その上に包丁を振り降ろした。首をはねた河童を今度は逆さに吊《つ》るし、したたり落ちる血を皿に受けて客に出した。病に侵された男は、それから毎日のように河童の生き血を飲み、何年か後には元気になったということである。

この伝説に出てくる河童は、すなわちスッポンであることは明らかであろう。スッポンの生き血を薬として用いる風習は、古くから日本各地に存在している。

有賀は河童屋の伝説を阿久沢に話して聞かせた。以前全国の河童伝説を取材している時に、ある老人から聞いた話の受け売りである。

「しかし今回の河童騒動の犯人がスッポンである可能性は、まずないな。だいたい喰われるのはいつもスッポンと相場は決まってるんだ。人間が喰われたことは一度もない。それにスッポンの背には三角の突起なんてないし、頭に皿も載ってはいない。そうだろう」

「いやに頭の皿にこだわるんだな、君は。前にも言ったけど、木元が見間違えたということも考えられるんじゃないか。それに頭に皿が載っている動物なんて、この世に存在するとは思えないんだがな」

「いや、絶対にいるんだよ。おれはそう信じている。皿ではなくとも、少なくとも皿に見える何かが頭の上にあったんだ。木元自身には会ったことはないが、大の大人が目の前で見てそう言い切っているんだぜ。見間違えということはあり得ない。それに嘘をつくなら、もう少しましな話を考えつくはずさ」

「そうだな。君の言うとおりかもしれない」

浜では、まだ撮影が行われていた。河童の子供とされた哀れなスッポンは、時には尾を持って吊り下げられ、時には棒で口をこじ開けられたりして、カメラの前で道化を演じさせられていた。なぜ自分がそのような目にあわされるのか、動物には常に理解できない。

だが人間の側から見れば、それは至極《しごく》当然のことなのである。なぜならば人間は、あらゆる動物にとって絶対的な強者であるのだから。

ＣＭで猫が笑っているシーンを撮るために、猫を殺して剝製《はくせい》にしてしまったテレビプロデューサーがいた。子供向けの動物映画を作るために、数多くの動物が命を落とすことはもはや暗黙の常識である。だがその結果として生まれたフィルムが見る者にとって感動的であり、動物を可愛いと感じさせるものであればそれでいい。

利益は、何物《なにもの》にも優先する。時にその対象が、かけがえのない動物の命であってもだ。

だが時として、弱いはずの動物が何らかの偶然によって強者に転じる場合もある。現にこの沼にも、人間を二人も喰い殺した動物が潜んでいる。しかも種を蒔《ま》いたのは当の人間なのだ。今回の一連の事件は傲《おご》り高ぶった人間のエゴイズムに対する、動物の側からのささやかな抵抗であるのかもしれない。今の有賀にとって、その事実はむしろ痛快なことですらあった。

撮影が終わるのを待たずに、有賀と太一はその場を去った。

「なんだか、可哀想だったね」

帰りの田船の上で、太一が一言、呟《つぶや》いた。

2

七月も終わりに近づいたある日、有賀に別れた妻から電話が掛かってきた。三日ほどの予定で旅行に出るので、その間の子供の世話を頼みたいということだった。

有賀には九歳になる息子が一人いる。名前は雄輝。だが勇ましい名前の割には性格はおとなしく、顔立ちも母親に似て優しい。

頭も良く、一言で表現するならば出来のいい息子だった。それが、父親である有賀には多少物足りなく感じられることもある。

有賀はよく、子供の頃の自分と現在の息子とを頭の中で比較することがある。九歳の頃の自分は、毎日泥だらけになって夕方遅くまで遊んでいた。近所では有名なガキ大将で、同年輩の子供に喧嘩で負けたことがなかった。魚や、カエルや、カブト虫を捕まえるのがうまく、学校では常に人気者だった。それでいて、不思議と勉強はできた。

息子の雄輝は家の中で遊ぶのが好きである。有賀といっしょに暮らしていた三年前、小学校に入ったばかりの頃でさえ、いつも本ばかり読んでいる少年だった。一人っ子ということもあるのだろうか、友達もあまりいないようだった。

有賀は、理屈抜きで息子を愛している。誰もいない部屋の中で、一人で本を読んでいる姿を思い浮かべると、なんとも不憫《ふびん》でやりきれなくなる。

それまでの生活の基盤や要《かなめ》を失ったことに関しては特別の後悔はない。むしろ現在の気楽な生活を気に入っているくらいだ。だが息子といっしょに暮らせないことだけは、さすがに辛い。その雄輝とも、最初の河童事件の起きた六月一七日以来、一度も会っていなかった。

別れた妻からの申し入れに対し、有賀はその場で承諾《しょうだく》した。八月一日、妻が旅行に出る日の朝までに有賀が自宅に出向くことになった。本来ならば有賀は、それどころではないはずだった。原稿の締切を考えると、八月の一〇日前後までに河童事件に決着をつけなければならない。だが有賀は、それをすでに諦《あきら》めかけていた。

ランドクルーザーに身の回りの物とジャックだけを乗せて、東京に向かった。別れた妻と息子は、練馬《ねりま》区の谷原《やはら》の交差点に近いマンションに住んでいる。マンションも、元はといえば有賀の買ったものだ。外観は多少薄汚れてはきたが、辺りの雰囲気は三年前とほとんど変わっていなかった。

二階の二〇六号室の前に立ってベルを押した。しばらく待つとドアが少しだけ開いて、雄輝の顔がそこから覗いた。

ひと月半ほど見なかっただけで、顔つきがかなり大人びたように見えた。

「よお。久し振りだな。元気だったか」

有賀は照れ臭そうに言った。いつものことなのだが、久し振りに息子に会うと、最初はなんとなくまともに顔を見られなくなる。

「うん。上がんなよ」

「ママは」

「もう出かけちゃった」

有賀は多少遠慮がちに、自分の元住んでいた部屋に入った。部屋の中も、多少高級な家具が増えたくらいで、以前とあまり変わってはいなかった。ジャックも有賀に続いて部屋に入り、クンクンと辺りを嗅ぎ回っている。

テーブルの上に、手紙が書き置きしてあった。

『有賀雄二郎様
八月三日の夜までには戻りますので、それまでよろしくお願いします。食事は三日分作って冷蔵庫に入ってますので、レンジで温めて食べて下さい。レンジの使い方は、雄輝が知っています。

なお、次の事を守って下さい。

家ではお酒を飲まないこと。

私の寝室には絶対に入らないこと。

犬は家に入れないこと。

以上、よろしくお願いします。

百合子《ゆりこ》』

「はは……まいったな。だけどもう、ジャックを入れちゃったな」

「だいじょうぶ。ママにはないしょにしとくから」

そう言いながら、雄輝はさっそくジャックところげ回って遊んでいた。もう何回か会っていることもあって、仲が良い。

「ママはどこに行ったんだい」

「箱根《はこね》だって言ってたよ」

「ママ一人でか」

「ちがうよ。〝おじちゃん〟といっしょ」

「…………」

百合子はまだ三一歳である。別れた元亭主が言うのもなんだが、なかなかの美人だ。グラフィックデザイナーという職業を持ち、自分で生計を立てているとはいっても、精神的に男に頼ることはむしろ自然だ。

だが雄輝から初めて〝おじちゃん〟という言葉を聞かされて、有賀は確かに嫉妬《しっと》を感じていた。そんな自分が、情けなかった。

「でもね、〝おじちゃん〟よりもパパの方が、カッコイイよ」

笑顔の消えた有賀の顔を覗き込むようにして、雄輝がそう言った。

昼食の後、有賀は雄輝とジャックを連れて近くの河川敷《かせんじき》に出かけた。天気もいいし、どうしても息子といっしょに野原を走り回るような〝遊び〟をしてみたかったのだ。

家の中でテレビゲームやプラモデルを作って過ごすことを望む雄輝を、有賀が半《なか》ば無理矢理連れ出すような形になった。それでも、いざ自然の中に放り出してみると、やはり子供は子供である。ジャックと走り回り、小鮒《こぶな》を釣り、そのひとつひとつの経験と出会いの中で目が輝きを取り戻してくる。

雄輝はもう、家の中で遊びたいとは言わなかった。夕方、辺りが暗くなり始めても、自分から帰ろうとは言い出さなかった。無心に遊び続けるその顔は、紛《まぎ》れもなく少年時代の有賀そのものだった。

有賀は四国《しこく》の山の中で育った。雄輝は東京のセメントの箱の中で育った。もし同じ境遇で育っていたとしたら、雄輝はやはり有賀そっくりの少年であったのかもしれない。

有賀は途中で酒屋に寄り、缶ビールを半ダースほど買って帰った。百合子からの手紙には『酒は飲まないこと』と書いてあったが、有賀にしてみればビールは酒の内には入らない。ビールに関しても、雄輝はないしょにしてくれることになっている。そう言えばいっしょに暮らしている当時から、雄輝とは〝男同士の秘密〟をよく共有したものだった。

運動したために腹が減ったのだろうか、雄輝は用意してあった夕食をまたたく間に平《たい》らげた。有賀はビールを飲みながら、それを見ていた。このあまりにも平和なひと時を、まったく素面《しらふ》でやりきれるほど、有賀は神経の太い男ではなかった。

食事を終えて、雄輝が言った。

「パパはサラリーマンじゃないんでしょ」

「ああ、違うよ。どうしてだ」

「ママと旅行に行った〝おじちゃん〟が、サラリーマンなんだって。だからちゃんとした人なんだって。ママはボクにもサラリーマンになりなさいって、そう言ってる」

「ほう。そうか。それで雄輝は、サラリーマンになるのか」

「うん、なるよ。その前に、いい大学に入らなければならないけどね」

有賀はなんとなく、淋《さび》しかった。

「パパはどんな仕事してるの」

「いろんなことを調べて、それを本に書くんだ。雑誌やなんかにね」

「ふーん。すごいね。それだってちゃんとした仕事だよね」

「そうさ」

「今は、何を調べてるの」

「河童のことさ。雄輝は河童って知ってるかい」

「うん、知ってるよ。この前、牛久沼という所で人を食べちゃった奴でしょ。でも河童って、スッポンの大きいのだったたんだね。テレビでやってた」

おそらく雄輝は、先日牛久沼で撮影していたテレビ番組でも見たのだろう。河童がスッポンであると、本気で信じている。有賀は、思わず笑ってしまった。

「だけどな、雄輝。テレビでやってたことが全部本当だとは限らないんだぞ。スッポンなんて、そんなに大きくはならないんだ。せいぜいなっても、このお皿くらいさ」

そう言って有賀は、目の前のハンバーグの載っている皿を指さした。

「そんなことないよ。もっと大きくなるよ。このテーブルくらいに」

雄輝が示したテーブルは、直径一メートルはある。

「おいよせよ雄輝。そんな大きなスッポンなんか、いるわけないだろ。テレビなんか信じちゃだめだよ」

「テレビじゃないよ。本物を見たことあるんだもん」

「本物を……。どこで……」

「伊豆で」

伊豆。その言葉を聞いて、有賀の頭の中で小さな閃《ひらめ》きがあった。そう言えば木元良介も、死の直前に伊豆に行っている。

「おい雄輝、もう少しその話、詳しく聞かせてくれないか。どうしておまえ、伊豆なんかに行ったんだ」

「春休みにね、ママと行ったの。伊東《いとう》のもっと先まで。そこにアンディランドっていう亀だけの動物園があるんだ。そこで見た」

「化石とかじゃなくて、生きてるのか」

「うん。生きてるよ。それに三匹もいた。インドシナオオスッポンて言うんだ。人間を食べちゃうこともあるって、説明にも書いてあったよ」

雄輝の言っていることは、おそらく本当であろう。少なくとも嘘をつくような子供ではない。それに雄輝は小さな頃から動物が好きで、名前をよく記憶する。動物園に行っても、有賀よりも種類を知っているくらいだ。以前、熱帯魚を飼っていて、レッドテールキャット（アマゾン産のナマズ）がほしいとねだられたことがあった。安易に引き受けて近くの熱帯魚屋に行くと、なんと一匹二万円もする高価な魚で驚かされたことがある。そのレッドテールキャットは、日本の魚類図鑑には載っていない珍種だった。インドシナオオスッポンというのも、実在すればの話だが、もちろん図鑑では見たこともない。

「なあ雄輝。明日から、ちょっと伊豆に行ってみないか。それでパパにそのインドシナオオスッポンていうのを見せてくれよ。それから海で泳いで、夜は旅館に泊まってお刺身食べて。お刺身、好きだったよなあ」

「本当？　わーい。やったぁ。海、行きたかったんだ」

雄輝は手離しで喜んでいた。もちろん有賀もそれに合わせてはいたが、心の中は穏やかではなかった。そのインドシナオオスッポンという奴が、本当に今回の河童の正体であるのかどうかはわからない。自分の目で確かめるまでは、判断を下すわけにはいかない。だが少なくとも、今の自分が木元良介と同じ道を歩き始めたという実感があった。

その夜、有賀は、いつまでも寝つけなかった。

3

朝六時に東京を発《た》ち、三〇分後には用賀《ようが》から東名《とうめい》高速に入った。

有賀のランドクルーザーにはエアコンが付いていない。窓を全開にして、時速一〇〇キロでひた走る。それ以上の速度になると、ミッションがマニュアルの四速ということもあってエンジンがバラバラになりそうな音で唸りだす。このとてつもなく喧《やかま》しく、しかも乗り心地の悪い車でのドライブを、雄輝はそれなりに楽しんでいた。

別れた妻の百合子はＢＭＷの３２０に乗っている。そのＢＭＷに乗ると、雄輝は必ず車酔いをするらしい。

だがランドクルーザーに乗って、雄輝はまだ一度も酔ったことはない。ママの車よりもパパの車の方が好きだと言われると、満更《まんざら》悪い気もしない。

窓からの強い風に晒《さら》されながら、雄輝は次から次へと通り過ぎていく風景に夢中になっていた。面白い看板や、珍しい車を見る度に、いかにも大発見をしたと言わんばかりにそれを有賀に教える。有賀には、その様子を見ていることが楽しかった。

自分の指定席である助手席を雄輝にとられたジャックだけが、ふてくされて荷台《にだい》で寝ている。

厚木《あつぎ》で東名を降りて、小田原《おだわら》厚木道路に入る。終点の小田原まで行き、国道一三五号線を右折すると、間もなく左側に大海原の風景が広がる。海が見えると、雄輝の目が一段と輝きを増した。

夏休みに入っているためか、ウィークデーであるにもかかわらず国道は交通量が多かった。どの車を見てもほとんど家族連ればかりだ。ルーフにサーフボードを載せている車もある。

熱海の手前で少し渋滞した。そのまま宇佐美《うさみ》、伊東と通り過ぎ、伊豆高原まで一気に走り切る。

伊豆高原は、大室山《おおむろやま》の下に位置する関東でも有数の別荘地である。その別荘地の中に、サンドダストという小さなペンションがある。

有賀は前日の夜に、そのペンションに予約を入れておいた。主人は秋元幸雄《あきもとゆきお》という漁師から転職した男で、今でも近くの八幡野《やはたの》港に漁船を持っている。ペンション自体はたいした作りではないが、旨い魚を食わせることにかけては定評がある。

以前から有賀は取材などで、このペンションをよく使っていた。歳が近いこともあって、秋元とは飲み友達でもある。だが突然、子供連れで現れた有賀に、秋元は多少驚いたようだった。

「どうしたんだ、今日はまた。子供なんか連れてよ。まさか誘拐してきたんじゃないだろうな」

「誘拐か。まあこいつの母親には黙って連れてきちまったんだから、似たようなものかな。実はこいつ、息子なんだ」

雄輝は、ぺこりと頭を下げた。

「すると夏休みで家族旅行っていうわけか。よし、それじゃ夜に、旨い魚いっぱい食わしてやっからな」

そう言って秋元は、雄輝の頭を武骨《ぶこつ》な手で撫《な》でた。

「ところで秋元さん、この辺りにアンディランドっていう動物園みたいのがあるらしいんだが知らないか」

「ああ、知ってるよ。亀族館《かめぞくかん》ってやつだろ。河津《かわづ》にあるよ。国道を走って行けば左側に見えるから、すぐにわかる」

「そうか。河津だな。それじゃあすまんけど、いつものようにジャックを置いてっていいかな。夕方には戻るから」

「ああ、いいよ。あの水銀灯《すいぎんとう》の柱にでも繋《つな》いどけや」

柱に繋がれると、ジャックは抗議の目で有賀を睨みつけた。吠えたりはしないが、面白くないことがあるとすぐに態度に表れる。有賀が立ち去るのを待たずに、ジャックはデッキの下に潜り込んで寝ころんでしまった。

伊豆高原から河津まで、風景の良い海沿いにワインディングロードが続く。車で約四〇分。ランドクルーザーはエンジンのトルクが太いので、ほとんど四速ホールドで走れる。速く走ろうとさえしなければ、快適なドライブだ。

アンディランドは、すぐにわかった。いかにも観光地の施設らしい建物が、海を望む高台の上に建っていた。屋根の上に亀の形をした看板と、『亀族館』の文字がある。その建物が目に入ると、雄輝が「あれだ」と大声を出して指差した。

建物の前が広い駐車場になっている。まだ午前中ということもあり、止まっている車は疎《まば》らだった。適当な場所にランドクルーザーを止めて、有賀は早足で建物に向かった。

入場券を買って中に入ると、エアコンの冷たい風で汗が引いた。入ってすぐのところに大広間があり、通路はそこから洞窟のように奥へと向かっている。

「パパ、こっちだよ。早く」

雄輝は有賀の手を引き、どんどん進んでいく。薄暗い通路の両側の、壁に埋め込まれた水槽から蛍光灯の光が漏れている。水槽の中には、それぞれ不気味な生物が蠢《うごめ》いているが、雄輝はまったく興味を示さない。ただひたすらに、目的に向かって有賀を急《せ》き立てる。

通路は曲がりくねっていた。右に左にと、幾度となく折れ曲がった。そしていくつめかの角を曲がったところに、ひときわ大きな水槽が設置されていた。その前で、雄輝が止まった。

「パパ、これだよ。本当にいたでしょ」

有賀は水槽の中を見た。

「ああ、本当だ。確かにこいつはすごいな……」

そこに、インドシナオオスッポンがいた。

見た目は日本のスッポンと大差はない。だが、体が異常なまでに大きい。三匹いるうちの最も大きなものは、雄輝が有賀に話して聞かせたとおり甲長《こうちょう》一メートル近くはあった。日本人の大人で、スッポンを知らない者はいない。だがこれを見れば、それまでの常識を一気に粉砕《ふんさい》されるだろう。ただ大きいというだけで、それほどの威圧感がある。もしこのような動物が日本の沼に放されれば、確かに人間の一人や二人は喰ってしまいそうだ。

説明が書いてある。

インドシナオオスッポンは、タイやインドネシアなど、東南アジアの淡水系《たんすいけい》に広く分布する。現地ではマンイーター（人喰い）として恐れられ、実際に毎年のように事故が起きている。それを捕らえた時の苦心談や、当時の写真も添えてあった。

だが、違う。

絶対にこれは、河童ではない……。

有賀は直観的にそう思った。

理由は明快だった。まずその外観が、木元や太一の見たものとはあまりにもかけ離れている。特に木元が、あの歳まで一度もスッポンを見たことがなかったとは考えられない。これを目の前で見ても、絶対に河童とは言わなかったはずだ。

また河童は、最低でも二年はあの沼に住んでいる。つまり二回は日本の冬を越していることになる。だが、熱帯に棲息するインドシナオオスッポンは、冬眠する能力を持っていない。

脱力感を覚えた。あとは子供を海で遊ばせて、東京に戻るだけか……。

その時、雄輝が有賀を呼ぶ声が聞こえた。

「ねえパパ、こっちへ来てみなよ。もっと凄《すご》いのがいるよ」

雄輝は次の角から顔を出して、手招いている。何か面白いものを見つけた時の、あの目をしていた。

「わかった。今行くよ」

有賀はそう言って、ゆっくりと歩き始めた。角を曲がったところにもうひとつ、大きな水槽があった。その中にも何か大きな生物がいた。それを見た瞬間に、有賀は息が止まった。

「こ、これは……」

そう呟《つぶや》いたまま、目が釘付《くぎづ》けになった。

体が震えた。

「ねえパパ、どうしたの」

そう言って雄輝が有賀の体を揺さぶった。だが、有賀にその声は聞こえなかった。

白くて四角い顔……。

尖《とが》った鼻先……。

耳まで裂けた大きな口……。

岩のようにゴツゴツとした背中……。

それは、正しく木元良介の見た河童そのものだった。細部に至るまで、木元や太一の証言と正確に一致していた。体に比べて頭が異常なほど大きい。体は、人間の大人ほどはある。体重は優に一〇〇キロを超えるだろう。そして、なんということだ。まさかと思っていた、あの黒い皿までが、頭の上に載っているではないか……。

いや、正確には皿ではない。だが頭頂《とうちょう》部に円型の浅い窪《くぼ》みがあり、なぜかそこだけが黒くなっている。誰が見ても、この動物を河童だと思い込んだ瞬間には、それが皿に見えても不思議はない。

その動物は、大きな口を最大限に開き、水の底に沈んでいた。口の内側は、頭部と同じように白に近い灰色をしていた。口の奥で、まるでミミズのように見える赤い舌だけがクネクネと動いていた。

有賀は雄輝の存在すらも忘れて、しばらくその姿に見とれていた。

4

英名アリゲーター・スナッパー・タートル——。

直訳すると〝ワニのようなカミツキガメ〟ということになる。日本では一般にワニガメとして知られている。それが有賀の見た動物の正体だった。

アメリカ合衆国の南東部、特にミシシッピー川やアラバマ川流域の平野部に広く分布するカミツキガメ科のカメで、深い川、湖、三日月湖、沼等に棲息する。主に魚、ザリガニ、小動物、水生植物等を食べる雑食性で、肉食傾向が強い。口を大きく開き、その中で赤い舌を動かして魚を誘《おび》き寄せ、ルアー釣りのように魚を捕食することでも知られている。

ルアー釣りといってまず思い浮かぶ魚に、例のブラックバスがある。ワニガメと同じ北米産で、しかも分布域の多くを共有している。その事実だけを考えても、ワニガメの食性の中にブラックバスが含まれることは容易に想像できる。

横川庄左は、無人島で飼っていた河童に餌として生きたブラックバスを与えていた。また牛久沼自体にも、一匹のワニガメを養うには十分すぎるほどのブラックバスが棲息している。それ以外にも各種の魚やアメリカザリガニ、水生植物など、食べる物にはこと欠かない。しかも気候、平野部の沼という地形、どこをとってみても、牛久沼はワニガメにとって絶好の住処《すみか》となる条件が揃っている。

性格はきわめて凶暴である。顎《あご》の力が異常に強く、一度噛《か》みついた獲物は絶対に離さない。時には貝や、小型の亀さえ噛み砕いて食べてしまうこともある。

さて、そこで問題になるのが、このワニガメがどのくらいの大きさになるのか。はたして人間を喰うほどの大きさに成長するのか、ということだ。

日本で出版されている何冊かの爬虫類図鑑によると、なぜかこのワニガメの大きさは〝甲長六六センチ〟で統一されている。なぜ六六センチなのか。その数値の根拠となる理由を考えてみると非常に興味深い。実はこの数値、図鑑が編集された当時、東京の上野《うえの》動物園で飼われていたワニガメの大きさそのものなのである。

甲長六六センチといえば、亀としては確かに大型の部類に入る。だが、どう考えても人間を、しかも一五キロもの肉を一度に喰う動物としては小さすぎる。有賀が何冊かの図鑑を調べても、最終的にこのワニガメに行き当たらなかったのは、そのような理由による。また付随《ふずい》する説明や挿絵も、あまりにもいい加減なものだった。

何冊かの図鑑を見て甲長六六センチと書いてあれば、それをその動物の最大例であると解釈して当然だ。そこに誤解が生まれる。ところが有賀が伊豆で見たワニガメは、甲長一メートル近くはあった。長さが一・五倍あれば、体重は単純計算でも三倍強。甲長六六センチのワニガメが体重三〇キロとすると、一メートルのものは一〇〇キロを超すことになる。そうなれば人間の肉を一五キロ喰うことも不可能ではなくなる。

ワニガメは、淡水に住む亀としては世界最大になる。イギリスのギネスブックには、一九三七年、カンザス州のネオショ川で捕らえられた一八三キロにもなる個体例が最大記録として記載されている。この体重は、ほとんどトラやライオンなどの肉食獣の成体と同等、もしくはそれ以上である。通常は九〇キロ前後にしかならないが、牛久沼にいるものがその程度であるとしても、十分に人間を襲うキャパシティーを持っていることになる。

実際に本家のアメリカでも、ワニガメに人間が襲われた事故例が何件か存在する。

またワニガメは、特に腐肉を好む動物であることも知られている。それについては、次のような話が伝わっている。

以前インディアナ州に、行方不明になった水死体を必ず発見することで有名な初老のネイティヴ・アメリカンが住んでいた。彼は大きなワニガメを飼っていて、それをブラッドハウンド（警察犬）のかわりに使った。ワニガメを捜索中の湖や川に連れて行き、ロープを付けて放す。しばらくしてロープをたぐると、ワニガメが腐った水死体を銜《くわ》えて上がってくるというわけである。なんともおぞましい話だ。

もし木元良介がこの話を知っていたとしたら、河童を誘《おび》き寄せる餌に腐肉を用いたこともうなずける。そして木元は、事実その話を知っていた。

ワニガメに関するこれだけの知識を、有賀はアンディランドの飼育係から得た。その若い飼育係は、ひと通りの説明を終えた後で、なぜ最近はワニガメについて尋ねる客が多いのだろうと首を傾《かし》げた。その理由を聞いてみると、約一月前にもある男に同じ説明をしたばかりだという。その男が木元であったことは、人相からいっても明らかだった。有賀は今、やっと木元良介に追いついたのだ。

知識を得たことで、有賀の直感は今や確信に変わった。河童の正体はワニガメ以外には有り得ない。すべてのデータが、まったく矛盾もなく、明らかに特定の一点を指し示している。

だが、ひとつだけまだ疑問が残されている。ワニガメは、いわば猛獣だ。成長すれば、いずれトラやライオンと同等の脅威となり得る。そのような猛獣を、横川庄左はいかにして、どこから手に入れたのだろうか。

その疑問についても、雄輝が重大なヒントを与えてくれた。東京への帰りの車の中で、ワニガメを売っているのを見たことがあると言い出したのだ。

練馬区の富士見台《ふじみだい》に、ノーネイムという熱帯魚店がある。自宅の車庫を改造して七〇個ばかりの水槽を置いた、小さな店だ。有賀は伊豆の帰りに雄輝を家に送り届け、その店に立ち寄った。

以前、雄輝にせがまれて、レッドテールキャットを買いに来た店である。谷原のマンションからは、子供でも歩いて行ける距離だ。雄輝も、週に一度は熱帯魚の餌を買いに来る。そこで、ワニガメを売っているのを見たことがあるらしい。

主人は飯塚泰二《いいづかやすじ》という初老の男で、水産大学出のインテリだった。以前は業界でも三本の指に入る名ブリーダー（繁殖家）として名前を知られていた。そのせいもあってか、小さな店の割には珍しい魚種が揃っている。

夜八時を少し回った頃に、有賀はその店に着いた。シャッターが半分閉まっていたが、店内にはまだ明かりが灯《とも》っていた。有賀が店に入ると、主人は一人で水槽の水換えをしているところだった。

「まだよろしいですか」

「あ、どうぞどうぞ。今コーヒー淹れますから」

「いや、今日は客じゃありませんから」

「まあそう言わずに。ゆっくりしてって下さい」

主人は手を休めて、コーヒーを淹れてきた。この店では来た客の全員に、淹れたてのコーヒーをサービスしてくれる。

主人は、一度しか来たことのない有賀の顔を覚えていてくれた。

「レッドテールキャット、お元気ですか。息子さんが時々餌を買いにみえますよ」

そう言いながら主人は、コーヒーをテーブルの上に置いた。

「ええ、倍くらいにはなったみたいですね。もっと大きな水槽を買ってくれって、ねだられてますよ。ところで今日はまったく別の用件で来たんですが……。息子が、お宅でワニガメを売っていると言ってたんですが、本当ですか」

「ええ。今でもいますよ。ちょっと待って下さい」

主人は特別に驚いたような顔もしなかった。立ち上がると、水槽の上に置いてあった小さなプラスチックの入れ物を取って、それを有賀の前に置いた。その中に、小さなワニガメが一匹入っていた。

「これがワニガメですか……」

「そうです。去年の暮れに三匹仕入れたうちの、最後の売れ残りですがね。まあうちのような店じゃ、そう数は出ませんから」

小さかった。一見して、夜店や金魚屋で売っているゼニガメと大差ない。ただ体の大きさの割には頭が大きく、背中に三角の突起が連なっている。色は全身真っ黒で、顔は白くはなかった。確かに同じ形はしているが、これが体重一〇〇キロを超える凶暴なワニガメになるとはどうしても信じられないほどイメージが異なっている。

「これ、大きくなるんですよね」

「ええ、なりますよ。五〇年以上は生きるそうですからね。最終的には体重一〇〇キロは超えるでしょう」

「そうらしいですね。でもそんなに大きくなったら、どうするんでしょうね」

「うちなんかも子供が買っていったりするんですが、面倒を見きれなくなったら引き取ると言ってあるんです。そうしないと、大変なことになる。しかし大きな店ではそうもいかないでしょうね。結局は、川や湖に放しちゃう人が多いんじゃないかなあ。年間数千匹は日本に輸入されるでしょうから、そのうち何かの事件が起きると思いますよ」

ブラックバスやミドリガメと同じだ。だが、今度は人を喰うほどに大きくなるワニガメである。沼に放たれた子亀が、二〇年もすれば猛獣に変身する。日本はアメリカと違って人口密度が高い。水辺はいつも、釣り人や家族連れで賑わっている。

「恐ろしいですね」

「そうですね。しかし日本人は、何かが起きるまでは動こうとしませんから」

「もし仮にですよ。子亀ではなくて、体重一〇〇キロもあるような親亀を手に入れようとしたら日本でも可能なんですか」

「ええ、買えますよ。東京にはほとんど出回ってないけど、関西の業者はよく輸入すると聞いたことがあります。なんでも池で、錦鯉《にしきごい》のかわりに飼うのが流行しているそうなんです。まあ、一〇〇キロ以上の大物なんて、年に何匹も入りませんがね。それに値段もかなり高くなる。よろしければ取り寄せますよ」

「いや、とんでもない……」

有賀には聞くことすべてが驚きであった。人間を喰うような動物が、年に数千匹も日本に輸入されている。それを池で飼っている者がいる。しかもそれが、横川庄左の住んでいた関西に多いという。

すべてが、一本の線上で繋がった。

店を出た後、有賀は阿久沢に電話を入れた。電話には直接阿久沢が出た。

「刑事さんか。おれだ。有賀だよ」

――どうしたんだ。しばらく見なかったじゃないか。今、どこからだ――。

「東京だよ。これからそっちに戻る。明日午前中に、おれのトレーラーに来てくれないか。河童の正体がわかったんだ」

――河童の正体だって……。いったいどうしたんだ、急に――。

「まあいい。説明は明日だ。待ってるぞ」

有賀はそう言って電話を切った。

しばらく考えて、今度は源三の家に電話を入れた。源三にも同じように、明日の午前中に集合するように伝えた。

河童の正体はわかった。あとは捕まえるだけだ。だが、問題はその方法だ。

そして時間はあまりにも少ない。いずれにしろ阿久沢と源三の協力は不可欠である。

携帯を握る有賀の手に、汗が滲《にじ》んでいた。

作戦会議

1

八月三日――。

沼は数日前までの喧騒《けんそう》がまるで嘘のように、静けさを取り戻していた。西谷田川の河口付近を、縦横無尽に走り回っていた報道陣のボートの姿も今はない。真夏の太陽が照りつける水面には、のんびりとロッドを振る釣り人のボートが、ひとつ、ふたつ。ただそれだけである。

日本のマスコミは、いつも慌ただしい。現在の、その輝かしい瞬間に魅《み》せられるままに、駆け足で通り過ぎて行く。色あせたものに、無駄な興味を示している暇はない。話題を煽《あお》り立てるのも早いが、手を引くのもまたそれ以上に早い。

一連の河童事件に関する話題も、今や完全に人々の頭から忘れ去られていた。あるテレビ局が、河童の正体をスッポンと断定したこともその原因のひとつだった。一応の結論が出てしまえば、視聴者の興味は急速に失われる。その結論が正しかろうが、間違っていようが、さしたる問題ではない。

だが、河童はまだ沼に潜んでいる。

三人の男達が、薄暗いキャンピング・トレーラーの中で、小さなテーブルを囲んで話していた。有賀雄二郎、阿久沢健三、吉岡源三の三人である。

いや、正確にはもう一人、稲倉太一もいた。太一は少し離れた場所で床に座り込み、三人の話題に加わることなく、黙って手の中のリールを弄《もてあそ》んでいた。

「つまり、そのアリゲーター・スナッパー・タートルという奴が、河童の正体なんだな。それは確かなのか」

阿久沢が、小声で言った。

「ああ、まず間違いないな。一五キロもの肉を喰える水棲《すいせい》の爬虫類なんて、そうざらにはいないさ。冬には冬眠もできる。それに姿形が、木元良介の証言と細かい点まで完全に一致するんだ。白い顔、ゴツゴツした背中、しかも頭の上には黒い皿まで載っていたんだぜ。なあ、爺さん。河童の正体はスッポンじゃなかったようだぞ」

「そんなことは最初からわかっとったよ。あれはテレビの連中に、付き合ってやっただけさ。だいたいあのスッポンだって、沼で獲れたものじゃない。わしが浜松《はままつ》の漁協に話をつけて、養殖の種親を送らせたんだ。つまり、ヤラセさ。でもおかげで騒がしい奴らが沼から消えて、やりやすくなっただろ。ちゃんとそこまで計算しとったんじゃよ。ひっひっひ……」

源三が笑いながら、照れ臭そうに頭を掻《か》いた。

「まあいい。そんなことよりそのアリゲーターなんとか、ワニガメって言ったっけな。そいつをどうやって捕らえるかだ。水の中にいるんじゃあ、銃も使えない。何か方法はあるのか」

「一応は考えてある。木元と同じ方法さ。例の、腐肉で誘《おび》き寄せるんだ。しかしむしろ、次に奴はどこに姿を現すか、そっちの方が問題じゃないか。過去二回、野村と木元は西谷田川の細見橋の上流で被害に遭っている。しかし少年達の目撃例の多くは、もっと下流に集中している。それだけじゃない。三週間ほど前には、俺は太一と釣りをしていて沼の東側の河童の碑の下で奴に遭っているんだ。後佐貫の水門の近くでは白鳥が喰われているという噂もある。東谷田川では、源三の生簀《いけす》が破られた。これがすべて奴の仕業だとすると、テリトリーは沼全域ということになる。こうなると、どこに腐肉を仕掛けていいものかまったく見当もつかない。牛久沼は広いからな」

「そんなのは簡単じゃよ。細見橋の上に仕掛ければいい。奴は、あと一週間くらいであすこに戻ってくる」

源三が、事もなげにそう言い切った。

「どうしてだ、爺さん」

有賀が言った。

「なぜそんなことがわかるんだ」

阿久沢が訊《き》いた。

源三は得意満面で、にやにやと笑っている。

「ここ一年ほど、奴は西谷田川の下流から河口にかけてを住処《すみか》にしている。これはまず間違いない。あの辺りは沼で一番深いところだし、適当に流れもあって、餌の魚が集まるからな。後佐貫や東谷田川の件は、どれも一年以上前の話だろ」

「しかし三週間前には、確かに河童の碑の下にいたぜ」

「それも簡単だ。あん時はテレビの連中のボートが西谷田川を走り回っとったんで、避難してたんじゃよ。今頃はもう、西谷田川のどこかに戻っとるさ」

「わかった。奴が西谷田川が好きなことは認めよう。しかしそれがなぜあと一週間で細見橋の上流に来るのか、それがわからない……」

「それはまあ、プロの漁師の長年の勘《かん》ちゅうもんだな。いいか、雄二郎、よく思い出してみろ。二つの事件前には、どちらも大雨が降っとった。大雨が降ると、川の水量が増して流れがきつくなる。すると奴は、どこかに避難しなければならない。水の中に棲む生物は、鯉《こい》でも鯰《なまず》でもなんでもそうなんじゃが、流れがきつくなるとなぜか上流へと向かう習性がある。あまり下まで流されてしまうと元の住処に戻れなくなると考えるのかもしれんなあ。そこで奴も、あの大雨の時に上流に向かった。

細見橋の上は急に川幅が広くなっていて、流れも緩《ゆる》い。つまりあの辺りが、大雨の後の奴の避難場所というわけさ。そして来週、おそらく沼に大雨が降る……」

源三はそれだけのことを話し終えると、カーテンを開け、白い雲の漂《ただよ》う夏空に目をやった。

「なるほどな。さすがだよ爺さん。天気予報までやるとは恐れいったよ」

「一週間後か……。ぎりぎりだな」

阿久沢が腕を組んでそう言った。

「ぎりぎりって、何がだ」

有賀が聞き返す。

「いや、こっちのことだ。気にしないでくれ」

阿久沢は、どうしても八月の一一日までに河童を捕まえなくてはならない。一日でも過ぎれば長富副本部長に渡した辞表が受理されることになる。だがその事情を、有賀には話していない。

有賀もまた、阿久沢ほどは切羽詰《せっぱつ》まってこそいないものの、アウトフィールド誌の締切を考えるとその前後がリミットとなる。いずれにしろ一週間後が、二人にとって千載一遇《せんざいいちぐう》のチャンスとなることは確かだった。源三の説が正しいかどうかはわからないが、賭《か》けてみるしか方法はない。

「すると作戦の決行は八月の一〇日か一一日、場所は細見橋の上流一〇〇メートルの辺りだな。あすこなら水深もそれほど深くないし、土手の上に道があるから車も入れる。よし、それでいこう」

そう言って有賀はテーブルの上のカップを手に取り、冷めたコーヒーを口に含んだ。

「ちょっと待ってくれ。話をちょっと戻そう。どうやってそのワニガメを捕まえるのか、その方法をおれ達はまだ聞いていないぞ」

「そうだぞ、雄二郎。腐肉を餌にして誘き寄せるのはわかったけど、その後はどうすんだ。まさか投網《とあみ》で捕れってんじゃあないだろうな。体重が一〇〇キロにもなるちゅうたら、わしの二人分もあるぞ」

阿久沢と源三の目が、有賀に集中した。

「腐肉を餌にして、釣るのさ」

「釣る？　釣るって、まさか竿《さお》とリールを使うっていうんじゃないだろうな」

「竿は使わないさ。しかしリールは使うぜ。よし、いい物を見せよう」

そう言って有賀はソファーから立った。太一の前を通り、トレーラーの外に出た。その後に阿久沢と源三、そして太一もついてきた。

有賀はトレーラーの脇に止めてある赤いランドクルーザーに歩み寄った。前に回り、バンパーの上に被《かぶ》せてあるビニールのカバーを取り去った。その中から、大きなドラムにステンレスのワイヤーを巻き付けた、奇妙な機械が姿を現した。

「どうだい。すごいだろう。ウォーンのM8274、つまり電動ウインチだ。これが河童を釣るための〝リール〟さ」

ウォーンM8274。4WDのスタック脱出用に使用する電動ウインチである。ドラムには、エアークラフトの八ミリステンレスワイヤーが四五メートル巻かれている。最大牽《けん》引力は三・六トン。もしワニガメが体重一〇〇キロあると仮定しても、三六匹まとめて垂直に吊り上げるだけのパワーがある。

「なるほど、これならだいじょうぶだ。しかしこんなもの、いったいどうしたんだ。この車よりも高そうじゃないか」

「おれの友達が東京でオフロードショップをやっててな。前に取材で使って、そのまま貰《もら》っちまったんだ。まあ、ルポライター稼業《かぎょう》の役得っていうやつかな。このワイヤーの先にトローリング用のフックを付けて、腐肉を刺して川に沈めておく。奴が来て、餌を飲み込んだらこのリモコンのスイッチを入れればいい。陸《おか》まで上がったところで源三の村田銃か刑事さんのスミス&ウェッソンでズドン。それで一巻の終わりだ」

「ちょっと待って。それじゃあ河童、殺しちゃうの。だめだよ……」

声を上げたのは太一だった。三人が、一斉に太一の顔を見た。太一は真剣な眼差《まなざ》しで、有賀を睨《にら》んでいた。

「殺すっておまえ、それじゃあどうするんだよ。生け捕りにしようっていうのか。奴はもう、二人も人間を喰い殺しているんだぜ」

「でもその河童が悪いんじゃない。アメリカの広い沼で平和に暮らしてたのを、無理やり日本に連れてこられたんだもの。悪いのは、人間の方でしょ」

その言葉は以前、カヌーの上で有賀が太一に言ったことと同じだった。それまで太一は、釣り上げたブラックバスをすべてその場で殺し、沼に投げ捨てていた。ブラックバスは、沼の魚を食い尽くす。それが原因で、太一の父親が死んだ。太一は恨《うら》みを晴らすかのように、ブラックバスを殺し続けていた。

だが、悪いのはブラックバスじゃない。それを沼に放した人間が悪いのだ。

有賀は、ブラックバスに対する復讐をやめさせるために、太一にそう言ったことがあった。

「そうだな。確かにおまえの言ったとおりだ。殺さないですむなら、それにこしたことはない。なんとか生け捕りにする方法を考えてみるかな」

「さてと、そういうことならわしはお先に失礼することとしよう。体重一〇〇キロもある化け物を捕まえるための網か。まあ、一週間あればなんとかなるだろう。忙しくなるぞ。ひひひ……」

そう言って源三は、岸に舫《もや》ってある自分の田船に向かって歩き去った。

「有賀、何かおれにもできることがあるか。あったら言ってくれ」

「そうだな。とりあえず麻酔薬が必要になるかもしれないな。用意できるか」

「麻酔薬か……。うむ、まあ一応のあてはある。やってみよう」

「よし。じゃあおれは腐肉を用意しておこう。それと、網、麻酔薬、腐肉をどう組み合わせるか、その方法だな」

「じゃあ、よろしく頼む。私もこれで失礼する」

阿久沢も、ポンコツ寸前のブルーバードに乗り込み、走り去った。

「太一、これでいいだろう」

「うん。僕にもできることがあったら言って。なんでもするから」

「ああ。頼りにしてるぜ」

熱い太陽の下で、二人は堅《かた》い握手を交《か》わした。

2

阿久沢にとって、この古い洋館を訪ねるのは二度目のことになる。

以前、野村事件の一〇日ほど後に、被害者の解剖を担当した大田医師の意見を聞くためにやって来たことがあった。

思えば、あれがすべての発端《ほったん》だった。大田の話の内容から、阿久沢は河童事件の真相が動物によるものであることに確信を持ち始めたのである。その意見を長富副本部長に押し通したために、辞表騒ぎにまで発展することになった。

夜に見ると、その洋館は独特の雰囲気を漂わせていた。まるで妖怪の住処《すみか》のようですらある。さしずめ大田医師は映画に出てくるフランケンシュタイン博士かなにかで、人知れずよからぬ生体実験でもしていそうな、そんな空想をせずにはいられなかったのを覚えている。

だが今、こうして日中にこの洋館を目《ま》の当《あ》たりにしてみると、なんということもない。ただ古いだけの、それでいて造りのしっかりとした、緑に囲まれた静かな洋館にすぎなかった。あらゆる事物は、その見方《みかた》ひとつによって、様々な顔を見せてくれるという好例《こうれい》である。

阿久沢は表札の脇にある呼《よ》び鈴《りん》を押した。

大田には、京子という美しい娘が一人いた。以前来た時に阿久沢を出迎えたのがその娘で、洋館の雰囲気とはあまりにも懸《か》け離れた明るい娘にもう一度会えるかもしれないということを、阿久沢はほのかに期待していた。

だが玄関から顔を出したのは、白髪の大田医師その人であった。

「おう。阿久沢君か。まあ上がりたまえ」

「はい、失礼します」

阿久沢は重厚な鉄の門を開けて、中に入った。

通されたのは応接間ではなく、大田の研究室であった。雑然とした白い壁の部屋で、棚には様々な薬品や書物、ホルマリン漬けの臓器の瓶などが並んでいる。そのどれもが埃《ほこり》を被《かぶ》り、薄汚れ、長い時の流れを物語っていた。

大田は部屋の角から半分壊れかけたような椅子を持ち出してきて、それを阿久沢に勧めた。自分の椅子をその正面に置き、そこに座った。

「あのう……。先生、あれはなんでしょうか……」

阿久沢は壁際に置いてあるステンレス製の台の上の、白っぽい肉片を指でさした。

「うん、ああ、あれか。あれは人間の脳味噌《のうみそ》だ。ホルマリンにしばらく漬けておくと、あのように硬くなる。それをああしてスライスして、断面を調べるんだ。あの脳味噌から見る限り、かなり頭の良い人間だったようだな。まあ、そんなことはどうでもいい。本題に入ろうか。確か、麻酔薬だったな」

「はい。実は捜査でどうしても麻酔薬を使う必要がありまして、そこで先生にお願いできないものかと」

「それで、相手の体重は」

「はい、河童、いやその相手なんですが、おそらく体重一〇〇キロ前後だと思います」

「そうか……。しかし困ったな。君も警察官だから知っているとは思うが、麻酔薬というものは医師か、もしくは特別な許可を得た者しか取り扱ってはいかんことになっとるんだよ。たとえそれが、君のような警察官であってもな。私はこう見えても医者の端くれでね。それなりのモラルもある。悪いがその頼みは聞けんな」

「そうですか……。いや、御無理申し上げてすみませんでした。先生のおっしゃることはもっともです」

阿久沢は手を膝《ひざ》に置き、深々と頭を下げた。

「しかし折角ここまで来たんだから、麻酔薬の説明くらいはしておいてやろうか」

そう言って大田は立ち上がり、薬棚に向かった。白衣の尻の部分に、大きな穴があいている。それが大田の無頓着《むとんちゃく》な性格を物語っていた。大田は棚のガラス戸を開けると、中をガチャガチャと引っ掻き回し、二本の小さな薬の瓶を取り出してきた。

「まずこの大きな瓶の方がケタラール、もしくは塩酸ケタミンとも言う。人間にも使えるし、麻酔効果以外にも自白剤としての効用もあるくらいのことは君も知っとるだろう。警察学校で習ったはずだ。しかし薬品としてはあまり強くはないから、相手が一〇〇キロだとすると、一キロあたり二〇ミリグラム、つまり二〇ccも打たなければならないわけか。ちょっと多すぎるな……。

もし相手が人間じゃないのなら、こっちのキシラジンの方が向いてるかもしれん。牛や馬を眠らせる薬だ。体重一キロにつき二・三ミリグラムだから、一〇〇キロでも〇・三cc

ですむわけか。五倍に薄めても、約一・五ccだな。ただし量が多すぎると、相手を殺してしまうことがある。まだ他にもいろいろあるがね。今ここにあるのはこの二種類だけだ」

「そうですか。いろいろ参考になりました。ありがとうございます」

「いや、力になれなくて悪かったな」

大田は二本の薬を元の棚に戻した。そして独り言のように呟き始めた。

「まったくこう薬品が多いと、整理がつかんなあ。一本や二本なくなっても、気がつきゃしない。そうだ、ついでに注射器もこの棚に移しとくかな……」

大田は近くの引き出しを開けると、中からプラスチック製の注射器の詰まった箱を取り出し、それを薬棚の下に入れた。阿久沢はそれを、何も言わずに見守っていた。

「さてと、阿久沢君。私はこれから人と会わなければならない用があるので、失礼させてもらうよ。娘が留守なもんで何も出せなくてすまなかったな。君も適当に、帰ってくれたまえ」

それだけ言い終えると、大田は阿久沢を部屋に残したままドアから外に出ていった。挨拶をする暇もなかった。

阿久沢は、脳味噌の塊と共に部屋に取り残された。しばらくは、ただ茫然《ぼうぜん》と椅子に座っていた。

目の前に、薬棚がある。

ガラスの向こうに、二本の麻酔薬の瓶が見える。

しかも御丁寧に、その下には注射器まで置いてある。

突然、阿久沢は立ち上がった。大股で薬棚に歩み寄ると、ガラス戸を開けた。

二本の瓶のうち、キシラジンを手に取り、それを上着のポケットに入れた。そのまましばらく考え、注射器の箱の中に手を突っ込むと、五本ばかり摑《つか》み出してそれもポケットの中に入れた。

阿久沢は踵《きびす》を返した。ドアから廊下に出て、立ち止まることなく、早足で門の外まで出た。

そこで、阿久沢は洋館を振り返った。

先生、申し訳ありません……。

心の中で、そう呟きながら、頭を下げた。

なぜ大田は法医学者でありながら、牛や馬に使用する麻酔薬、キシラジンを持っていたのか。人体の解剖には、まったく必要のない薬品である。だが今の阿久沢には、その不自然な事実に疑問すら感じる余裕はなかった。そして自分が慌てふためきながら立ち去るのを、大田が二階の窓から笑いながら見ていたことも、知らなかった。

3

茶簞笥《ちゃだんす》の上に、黒檀《こくたん》でできた小さな仏壇が置いてある。

かなり古いもので、あちこちに大小様々な傷があり、多少傾《かたむ》いているようにも見える。

中にはその仏壇に見合った大きさの位牌がいくつか立てられていた。

線香の煙が、薄暗い空間に立ち昇っていた。その煙の行き着く先の、天井のすぐ下に、色あせた写真が二枚、飾られていた。左側は源三の母ギン、右側が父源太郎《げんたろう》の遺影である。

源三は、仏壇の前に正座し、手を合わせていた。もうかなり長い時間、そうしていた。

源三が自らの手で立てた線香は、すでに三分の一ほど燃えつきていて、その灰が音もなく香台《こうだい》の上に落ちた。

合わせていた手を膝に下ろし、静かに目を開いた。父と母の顔が、その源三を見て、優しく笑っていた。

源三は、特に父の写真を気に入っていた。源三の記憶の限りでは、父がこれほどいい顔をしているのを一度も見たことがないと思えるほど、その写真はよく撮れている。確か父が亡くなる前年、六二歳の時に、水戸の写真館で撮ったものである。写真の中の父は、今の源三よりも遥かに若々しく、理知《りち》的ですらあった。父の写真は後にも先にも、これ一枚きりである。

不思議な写真だった。たいがいは優しい目で、源三を見守ってくれている。だが時として、その目の中に辛辣《しんらつ》なまでの戒《いまし》めを感じることもある。哀愁《あいしゅう》を感じることもある。焦燥《しょうそう》を感じることもある。一枚の写真が、見る時によってなぜ異なる表情をしているのか、それが源三には不思議でならない。自分の心の動きを、写真が鏡のように映し出すのだろうか。それともこの写真には、本当に父の魂が宿っているのだろうか。

だが今、父の写真の目は、いつになく平穏な優しさをたたえていた。

厳しい父であった。特に源三に対しては苛烈《かれつ》ですらあった。源三には兄が二人いた。だが幼い頃、まだ源三が生まれる前に、流行《はやり》の病で相次いで亡くなったと聞いていた。

父もまた源三と同じように、この牛久沼に生きる一介の川漁師であった。たった一人残った源三に、その自分の持てるものすべてを託すべく、鍛《きた》え上げた。沼での水泳に始まり、田船の操《あやつ》り方、あらゆる漁具の扱い方に至るまで、源三は生きていく上で必要なことのほとんどを父から学んだ。

源三にとって父は絶対的な存在であった。その父に逆《さか》らうことなど、考えたこともなかった。父の望むままにやがて源三は川漁師として一本立ちし、自らの人生に対し一片《いっぺん》の疑問すら持つことなく現在に至っている。

だが源三の川漁師としての生活も、今や終焉《しゅうえん》を迎えようとしていた。思えば多くの殺《せっ》生《しょう》を繰り返してきたことだけが、悔《く》いとして残っている。

源三の座る脇に、一枚の投網《とあみ》が置いてある。ただひたすらに頑丈で、やたらと重く、大きいだけが取り柄《とえ》の古い投網である。だが源三にしてみれば、何物にも換え難いほど思い出深い品でもあった。

源三が成人した祝いに、父の源太郎から贈られたものだ。当時の源三は、その短軀《たんく》にもかかわらず、若さと体力にものをいわせて毎日のようにこの網を沼で打ち続けた。

当時の牛久沼で、これだけ大きな投網を操れたのは源三だけであり、それが自慢だった。あの頃は獲物も多かった。三尺八寸もある大きな鯉を獲《と》って、漁師仲間を驚かしたこともあった。その魚拓は、五〇年経った今でも玄関に飾られている。

源三は、久し振りにこの投網を物置から探し出してきた。もう何十年も手入れひとつしていなかったにもかかわらず、思ったほど傷《いた》んではいない。今でも十分に使用できる状態だった。

投網は円錐《えんすい》形をしている。上部についている手綱《たづな》を頂点にして、ちょうど二等辺三角形になるように、源三はその投網を広げた。そして用意してあった大きな鋏《はさみ》を手にすると、その中央にザクリと刃を入れた。

それから三日間、源三はほとんど自分の家を出ることなく、古い投網の改造に没頭していた。元来投網は、浅場で小魚等を獲るための道具である。手網を手にし、水面に投げ広げ、網を引き寄せながらすぼめていく。小魚は縁《ふち》にある小さな袋に追い込まれる仕組みになっている。そのために、網の目も細かいものが使われる。

だがこのままでは体重一〇〇キロもあるような獲物には通用しない。うまくその真上に網を被せることができたとしても、縁にある袋と錘《おもり》の下を掻《か》い潜《くぐ》って簡単に逃げられてしまう。

そこで源三は、投網の下半分を取り去り、その部分に極端に目の粗い網を作りなおすことを考えた。ワニガメの頭や四肢に、その網を絡ませてしまおうというわけだ。

ダクロンの太いラインを使って、源三はその網を編んだ。網の目は一辺が八寸という大きなものである。源三はまだ自分の目でワニガメを一度も見たことはないが、仮に同じ大きさのスッポンを獲るとして想定した網の目である。

だが、いくらラインを太くするとはいっても限度はある。ラインが太くなりすぎると獲物への絡みが悪くなるし、網自体の重量も増す。その網をうまく開かせるためには縁に付ける錘もより重いものを使わなければならない。若い頃ならまだしも、今の源三には、それほど重い網を操る体力は残っていない。自分の体力と網の強度とのバランスに、源三は頭を悩ませた。

ともかく投網はできあがった。源三はさっそく庭に出て、その感触を確かめてみることにした。

手綱を持ち、網を肩に掛け、腰を回しながら反動を利用して投げる。網はどうにか広がってくれた。だが思ったとおり、今の源三にはこの網の重さは限界であった。いや、限界超えているのかもしれない。この投網を、陸ではなく不安定な田船の上から打つことを思うと、不安がある。

それからも何回か、源三は投網のテストを繰り返した。うまく開いてくれる時もあるし、開かないこともあった。開かない原因は源三がその重さに負けてよろけてしまうか、網の目が粗《あら》いために網自体が絡んでしまうかのどちらかだ。その確率はおよそ二分の一。田船の上から打つことを考慮すると、さらに率は悪くなるだろう。

源三は網を打つ手を休めて、自分の腕に見入った。七〇歳の老人としては逞《たくま》しい腕をしている。だが若い頃の自分を知っている源三にとっては、使い古した、ただのポンコツにすぎなかった。

筋肉の太さが、昔の半分以下になってしまったような気がする。皮膚《ひふ》には、長年風雨にさらされ、熱い太陽に焼かれた代償《だいしょう》として、深い皺《しわ》が刻まれている。醜《みにく》い染みがある。痣《あざ》がある。青く、血管が浮き出ている。まるで死んだ魚のように、張りがなくなった。腕ばかりではなかった。腰から下もひと回りは小さくなった。胸は筋肉が落ちて薄くなり、その分だけ腹が出た。背まで低くなってきている。

自分の体が情けない。若い頃は村一番の偉丈夫《いじょうふ》と言われ、七〇歳になる今日まで体ひとつを頼りに生きてきた。こと体力に関する限り、他人に負けるなどとは考えたこともなかった源三である。それだけに、老いに対する切なさもひとしおであった。

もう一度若くなりたい。

せめて一日でもいいから、昔の自分に戻りたい。

老いた者なら誰もが一度ならず考えることを、今、源三も思っていた。

源三は気を取り直して投網を引き寄せた。手綱をしっかりと腕に絡め、網を肩に掛ける。呼吸を整え、心をなだめ、神経が一点に集中するのを待った。

腰が、ゆっくりと回転を始める。掛け声と共に、腹の底から強く息を吐き出す。渾身《こんしん》の力を込めて、源三は網を放った。

その瞬間、腰に疼痛《とうつう》が走った。源三はその場に頽《くずお》れた。

だが投網は、またしても開いていなかった。

4

八月七日――。

有賀はランドクルーザーにジャックを乗せて、源三の家に向かった。午後四時前だというのに、外はまるで夜のように暗かった。西の空は、漆黒《しっこく》の暗雲に覆われている。そこに時折、鮮烈な稲妻が走るのが見えた。ラジオのスイッチを入れると、関東地方に大型の台風が近づき、西から天気が崩れ始めていることを告げていた。

有賀は途中で大舟戸を回り、そこで太一を拾った。太一は家の前で待っていた。その手には以前有賀が贈った、ABU・2500Cを取り付けたロッドが握られている。

「どうした太一。ロッドなんか持って。今日は釣りに行くわけじゃないぞ」

「うん、わかってるけど……」

そう言って太一はランドクルーザーに乗り込んできた。どうやら、よほど気に入っているらしい。そう言えば最近は、どこに行くにも太一は必ずロッドとリールを持っている。もしこのリールによって太一の心が開かれたのだとすれば、それがたとえABUの250

ＯＣであったとしても安いものであったのかもしれない。

源三の家に着くと、すでに阿久沢が先に来て待っていた。座敷に座り込み、ビールを飲んでいる。有賀が部屋に入ると、そのグラスを手にしたまま、左手を軽く上げた。阿久沢は珍しくダンガリーのシャツとジーンズのパンツという出《い》で立《た》ちである。有賀はその姿を見て苦笑した。以前、着る物のセンスが悪いと言われたために買い揃えてきたのだろう。どちらも日本製の新品で、なんとなくちぐはぐだが、阿久沢の生真面目《きまじめ》な性格を物語るには十分だった。

源三はその正面で座椅子《ざいす》にもたれている。顔色があまり良くない。

「どうしたんだ爺さん。元気ないじゃないか。それに急に家に呼び寄せたりして」

「なに、ちょっとばかり腰を傷めてな。別にどうということはない。それより網ができ上がったんで、見せようと思ってな」

源三の脇には例の投網が広げられている。

「ほう。これはたいしたものだ。よく考えたな。奴を絡みつかせようってわけか」

有賀はその場に座り込み、網に手を触れて確かめた。古い投網を改造したものであることがすぐわかった。なかなか良くできている。

有賀は目の前にあるグラスを手に取り、ビールを注ぎ、それを一気に飲み干した。そして言った。

「よし、これで網はオーケーだな。あとは麻酔薬だ。刑事さん、どうなってる」

「ここにある。キシラジンという薬だ。注射器もある。ワニガメの体重を一〇〇キロ前後と仮定すれば、五倍に薄めた溶液を約一・五cc打てばいい」

そう言うと阿久沢は、シャツの胸ポケットからキシラジンの小瓶と、注射器を五本取り出してテーブルの上に置いた。

「また、すごい薬を手に入れたもんだな。さすがは刑事さんだ。こんなもの家畜《かちく》専門の獣医でもなけりゃ、持ってないぜ」

「そうなのか。いや、ちょっと伝《つて》があってな……」

その時になって初めて、阿久沢の心に小さな疑問が芽生《めば》えた。法医学者である大田はなぜ、このような薬を持っていたのか……。

「これで全部揃ったな。肉は二日前に二キロのブタ肉をふた塊買ってきて、ゴミバケツに水を張って突っ込んである。すごい臭いだぜ。ジャックも近寄らない」

「それで手順は考えたのか」

「ああ、考えてある。まず腐肉を細見橋上流の浅場に仕掛ける。トローリング用のフックは使えないけどな。飲み込まれると、奴を殺しちまうことになる。ロープか何かで縛《しば》って、杭《くい》に固定しておこう。奴が腐肉に食い付いたら、爺さんが田船の上から投網を被せる。あとは投網の手綱にウインチのワイヤーを固定して、陸まで引き上げ、麻酔薬を打てばいい」

「なるほどな」

「いや、それは無理だな」

今まで黙って聞いていた源三が口を開いた。

「どうしてだ、爺さん」

源三は腕を組み、難しい顔をしている。

「網がもたねえよ」

「なんだって。だってこの網は、奴を仕留めるためにわざわざ作ったんだろう。もたないっていうことがあるかよ」

「これでも目いっぱい太いラインを使ったんだ。これ以上太くすれば、今のわしには扱えなくなる。この重さが限界なんだよ。この網でも田船の上からならば、しばらくは奴の動きを封じておくことはできる。しかし、それまでだ。今のわしにできるのは、そこまでなんだ。あんな化け物みたいなウインチで無理に引きずったら、すぐに千切れちまうよ」

「そうか……。わかったよ、爺さん……」

「すまんな」

「いや、いいんだ。ここまでやってくれただけで十分だよ。後は何とか考えよう。そうすると網を被せて、引き上げる前に麻酔薬を打ち込む必要があるな。そうだ、刑事さんよ。なんとか麻酔銃を用意できないかな」

「いや、無理だ。時間が少なすぎる」

それに今の自分は、警察内部でそれほどの権限は持っていない。阿久沢はそう言おうとして、言葉を心に押し込めた。そして続けた。

「それよりどうだ。木元良介が持っていたクロスボウ、あれは使えないかな。矢に注射器を括《くく》り付けて飛ばすんだ」

「ああ……。悪いアイデアじゃないな。しかし、無理だよ。クロスボウの矢っていうものは、回転しながら飛んでくんだ。注射器なんか括り付けたら、センターが狂ってまず当たらないだろうな」

「そうか……」

「待って。いい方法があるよ。もしかしたら、僕にならできるかもしれない」

声の主は太一だった。

「太一、おまえにか。いや、そうだな。確かにできるかもしれないな……」

有賀が言った。

「そうでしょう」

太一の目がいたずらっぽく輝いていた。

「どういうことだ、有賀」

「まあ見てろよ。よし、太一。これをラインの先に結び付けて、用意してくれ」

有賀はポケットから五〇円玉を二枚探し出し、それを太一に投げて渡した。太一はさっそく準備にかかる。

有賀はテーブルの上からビールの空缶を三本取ると、それを持って縁側から庭に下り、走った。東谷田川のすぐ手前まで行き、その缶を地面に並べる。そしてまた縁側まで走って戻ってきた。部屋から空缶までは、一〇メートル以上はある。

「太一、用意はいいか」

「うん。だいじょうぶ」

太一はロッドを持って、縁側から庭に下り立った。ロッドの先には、ラインに結んだ五〇円玉が二枚、ぶら下がっている。

「何が起きるんだ」

「まあいいから見てろよ」

太一は両足を少し開いて立ち、空缶に対して少し斜めに構えた。右手でロッドを持ち、左手でリールのリリースボタンを押す。阿久沢、源三、そして有賀の三人の目が、太一の動きに注《そそ》がれた。

右手首が素早《すばや》く動いた。

ロッドが空《くう》を切って唸《うな》った。

五〇円玉が、まるで弾丸のような速さで一直線に飛んだ。

そして、コンという乾いた音を残し、左側の空缶がきれいに宙に舞った。

「よし、太一。あとの二本もだ」

「うん。じゃあ次は右側ね」

太一はリールを巻き取ると、もう一度ロッドを振った。言ったとおり、右側の空缶が飛んだ。三本目もやはり同じように、こともなげに弾き飛ばした。

「すごいな……」

「さすがは名漁師、稲倉正男の忘れ形見《がたみ》だ……」

阿久沢と源三は、ただ茫然と太一の技に見とれていた。

「まあ、ざっとこんなもんだ。あとはラインの先に、注射器を結び付けておけばいい。もっとも注射器のポンプに錘りを入れたりとか、多少の手を加える必要はあるがね」

「そうだな。これならうまくいきそうだ」

「あと問題があるとすれば、わしの田船を誰が操るかだな。網はなんとか打てると思うが、どうも腰の具合がかんばしくない」

「それじゃあ私がやりましょう。こう見えてもこの牛久沼で生まれて育ったんだ。うまくはないが、なんとかなるでしょう」

結局その役は、阿久沢が引き受けることになった。阿久沢の子供時代、近所に川漁師が一人住んでいて、古い田船をよくいたずらさせてもらった経験がある。

これですべての筋書《すじが》きができあがった。

河童の正体は、北米産のワニガメである。大雨の後、奴は必ず細見橋の上流に姿を現す。そこに腐肉を仕掛けて誘き寄せる。源三が投網を打って動きを封じ、太一がルアーロッドを使って麻酔薬を打ち込む。ワニガメが眠るのを待って、有賀のランドクルーザーのウインチで陸に引き上げる。

だが考えてみると、そのひとつひとつの要素はすべて仮説にすぎない。筋書きは、単にその仮説の積み重ねであり、すべて筋書きどおりに事が運ぶ保証はどこにもないのだ。

不安は、誰もが心に秘めていた。だが、誰もがそれを口には出さなかった。きっとうまくいく。自分以外の人間は、少なくともそう信じている。そう考えることで、誰もが心に安らぎを求めようとしていた。

その夜、牛久沼に雨が降り始めた。最初はポツポツと、大粒の水滴が疎《まば》らに落ちてきて、次の瞬間には熱帯のスコールのような大雨になった。折《お》りからの風がその雨を巻き上げて、源三の家の縁台《えんだい》をしとどに濡らした。

「ようし。雨だ。雨が降ってきたぞ」

「源三さんの言うとおりだ。たいしたものだぜ」

「もっと降れ。どんどん降れ。降って降って、降りまくれ」

気勢が上がった。誰からともなく騒ぎ立てた。有賀は外に飛び出し、雨に打たれながら、空を見上げて踊った。それを阿久沢と太一が囃《はや》し立てた。計画のまず第一歩として、源三の予想が見事に的中したのである。

だが、当の源三だけが、苦渋《くじゆう》に満ちた顔で座椅子にもたれていた。源三には、雨の音も、他の三人が騒ぐ声も、何も聞こえなかった。ただひたすらに、テーブルの上にある一点を凝視していた。

大皿の上に、鯉の洗《あら》いが盛られていた。今しがた源三の妻の文子が捌《さば》いたその鯉は、まだ確かに息をしていて、時折《ときおり》口を動かしていた。

だが、首から下の体が動かない。なぜ動かないのだろうか。鯉は断末魔《だんまつま》の中で、その不条理な疑問と必死に戦っているように見えた。恐怖に満ちたその目は、動かなくなった自分の体を見ているかのように後ろを振り返っていた。源三には、その鯉の姿が自分自身を映し出しているように思えてならなかった。

雨は、それから二日間降り続いた。台風の影響を受けて、この夏では最高の雨量を記録した。牛久沼を取り巻くすべてのものを洗い流すような勢いであった。

だがその豪雨も、ただひとつ源三の心の中の不安までは洗い流すことができなかった。

決戦

1

八月一〇日——。

未明《みめい》に雨は降りやみ、朝方に残っていた黒い雲も強い風に押し流されて、昼近くには太陽が顔を出した。

その陽光の下に、牛久沼は荒れ果てた姿を晒《さら》していた。青々と沼を縁取っていた葦《あし》の絨毯《じゅうたん》はほとんどが水の中に没し、今は所々にその先端が見え隠れしているにすぎなかった。泥水は至る所で護岸壁さえ乗り越えて、低地にある田畑にまで流れ込んでいた。高台に登ってみると、沼は倍近くの広さになっているように見えた。沼と陸との境界線すらも定かではなくなっていた。

細見橋の上流一〇〇メートルほどの土手の上に、有賀の赤いランドクルーザーBJ41が西谷田川に鼻先を向けるようにして駐められていた。有賀はその運転席で、ステアリングの上に組んだ腕に顎《あご》を載せて川を眺めていた。

いつもは流れがあることすら気付かせないほど静かな西谷田川に、黄色い泥水が力強く流れている。上流から水と共に流木やゴミなどを運んでくるその様子は、だがむしろ壮観《そうかん》ですらあった。はたしてこの流れの中を、本当に奴は遡《さかのぼ》っていったのだろうか。そして上流のどこかで、水の引くのを静かに待っているのだろうか。有賀は車の中に充満する腐肉の臭いも忘れて、濁流《だくりゅう》の中に潜む河童に想いをはせた。

ドアを叩く小さな音で、我に返った。振り向くとそこに太一が立っていた。

「よお、太一。早いじゃないか。おまえの家の田んぼ、だいじょうぶだったのか」

「うん。うちの田んぼはそんなに低い所にないから。もう水は引いた」

「それにしても川の水、すごいな。こんなに流れが強くちゃ、源三の田船じゃここまで上がってこられそうもない」

「でも午前中から比べればだいぶ水は引いてるよ。一時間に五センチは水位が下がってるみたい。流れも弱くなってきてるし、あと三、四時間もすればこられるんじゃないかな」

有賀はホイヤーのダイバーズ・ウォッチに目をやった。午後二時三〇分。六時か七時までに源三がこられれば、時間としてはちょうどいい。

ワニガメは基本的に夜行性だ。深夜から明け方にかけてがチャンスになる。

「よし。それじゃあ準備だけでもしておくとするか」

そう言って有賀は車から降りた。両腕を空に突き上げるようにして、大きく背伸びをする。陽光に輝く細見橋を見ると、橋から土手に続く農道に下りてくる阿久沢のブルーバードが見えた。泥飛沫《どろしぶき》を上げながら、少し乱暴とも思える速度で近づいてくる。

六時を過ぎると水位はかなり下がり、流れも弱くなってきた。葦も、上から三分の一くらいまでは水面に顔を出している。相変わらず水の濁りはひどかったが、西谷田川は少しずついつもの姿を取り戻しつつあった。

源三は七時少し前に田船でやってきた。腰の具合は以前よりもいくらか良さそうだったが、あまり元気がない。田船から重い足を引きずるようにして土手に上がると、用意してあったデッキチェアに腰を下ろし溜《た》め息をついた。

「遅かったな、爺さん。腰はだいじょうぶか。そこのアイスボックスにビールが入ってる。食い物はとなりのダンボールの中だ。勝手にやってくれ」

「いや、今はいい。それより準備はどうだ」

「あとは餌《えさ》を仕掛けるだけだ。爺さんの田船、ちょっと借りるぜ」

「ああ、使ってくれ」

源三は脇に寄ってきたジャックの頭を撫《な》でながら、静かに目を閉じた。

田船に腐肉の入ったバケツと用意してあった杭《くい》などを積み込んだ。有賀が船首に立ち、太一が船尾で舵《かじ》を握った。流れは弱くなっていたが、エンジンの力がないためにかなり下流に流される。それを太一が巧みに操り、川幅約五〇メートルの西谷田川を渡っていく。向こう岸の葦際まで一気に田船を走らせ、有賀はそこで鉄筋のアンカーを投げ入れた。水深は一メートル以上あった。

腐肉の入ったバケツの蓋《ふた》を開けると、辺りにいたたまれない腐臭が充満した。

「うわ、こいつはたまらないな」

そう言いながらも有賀はバケツの中に手を突っ込み、二個ある肉の塊のうちのひとつを取り出して用意してあったネットの中に入れた。口をロープでしっかりと縛り、それを杭に結んだ。太一はそれを、鼻をつまみ顔を顰《しか》めながら黙って見ていた。

杭を川の底に打ち込む。底は砂泥なので、思ったよりも深く入った。約二メートルあった杭は、その先端がかろうじて水面から出ているところで固い地盤《じばん》に突き当たった。そこに有賀は短い釣り竿《ざお》を括《くく》り付け、穂先に蛍光《けいこう》塗料を染み込ませたタオルと鈴をひとつ取り付けた。こうしておけばもし真夜中にワニガメが餌を喰っても、目か耳のどちらかで確認できる。

あとは天命《てんめい》を待つのみだ。

風も止《や》み、雲ひとつない穏やかな夜になった。月明かりで、夜とは思えないほど明るかった。空には無数の星が光り輝いていた。

四人は土手の上にデッキチェアを並べ、来《き》たるべき時にそなえて待った。向こう岸に見える小さな青白い光を凝視《ぎょうし》し、かすかな鈴の音も聞き逃すまいとして、耳をそばだてた。

時間の過ぎるのが、ひどく遅く感じられた。不安と期待が、誰しもの心の中で交錯していた。

様々な思いがある。過去の挫折と、未来への瞻望《せんぼう》。その間にある静かなるこの一瞬を、いかにして遣《や》り過ごすべきであるのか。その術《すべ》を見出すことに懸命になっていた。だが蕩々《とうとう》とした沼は、容易にその沈黙を破ることはなかった。

「奴は、本当に来るのかな」

阿久沢が言った。

「信じるしかないだろ。他に方法はないんだ」

有賀が答えた。源三が、黙ってそれに頷《うなず》いた。いずれにしろ、沼の水位が元に戻るまでには答えが出る。それだけは確かだった。

午前零時を過ぎた。

ゴミ箱として用意したダンボールの中には、何本かのビールの缶と、買ってきたサンドイッチや握り飯の包み紙が投げ込まれていた。大量に買い込んできたはずの食料は、ほとんど底を突いていた。さすがに育ち盛りだけあって、太一は良く食べる。だが源三だけは、ほとんど何も口にしていなかった。ここ数日間で、源三は急激に老けてしまったように見えた。口にこそ出さなかったが、有賀にはそれが心配だった。

その源三が、ゆっくりとデッキチェアから立ち上がった。

「すまんがちょっとばかり横にならしてもらっていいかな。奴が来たら起こしてくれ」

顔は笑っていたが、様子に疲れが滲《にじ》み出ている。

「ああ、かまわんよ。見張りはまかせてくれ。刑事さんの車を使わせてもらいなよ。シートがリクライニングするから。太一、おまえも少し寝ておいたらどうだ」

「僕はだいじょうぶだよ」

「まあそう意地を張るな。さっきからあくびばかりしてるじゃないか。おまえがいなきゃ奴を捕まえられないんだ。ちゃんと起こしてやるから安心しな。今のうちに寝ておけよ」

「うん……」

源三に続いて、太一もしぶしぶ立ち上がった。なごり惜しそうに、太一は阿久沢の車に向かった。

「刑事さんよ。あんたは眠くないのか。寝てもいいんだぜ」

「おれは一〇年以上も刑事をやってるんだ。徹夜には馴《な》れてるよ」

阿久沢は足元にあるクーラーボックスからビールを二本取り出し、その一本を有賀に渡した。

有賀と阿久沢は、しばらく黙ってビールを飲んでいた。いつの間にかジャックも、濡れた草の上に横になって眠っていた。二人は沈黙の時を噛み締めるかのように、静かに闇を見つめた。

先に口を開いたのは阿久沢だった。

「なあ、自由でいるっていうのは、どんな気分なんだ」

「自由……。なぜだい」

「つまり会社にも勤めず、家庭も持たず、そうやってキャンピン・トレーラーで暮らしているような生活。それを君はどう思っているのかを聞きたいんだ」

「そうだな。気楽と言えば気楽だし、虚《むな》しいと言えば虚しいな。別におれは、好きでこんな生活をしているわけじゃない。興味があるなら、やってみればいいだろう」

「いや、おれにはできそうもない。そんなに強い人間じゃないんだ。たぶん自由を手に入れた瞬間に、不安でいられなくなる」

「強い人間じゃない、か……。別に強さなんか、必要ないと思うぜ。それならば新宿駅《しんじゆく》で寝ている浮浪者《ふろうしや》は、みんな強い人間だということになる。おれも以前は、自由でいることは男の強さの証明だと考えていた時期があった。つまり家庭とか、財産とか、社会的な信用とか、守るべきものがひとつ増すごとに男は少しずつ弱くなっていく。攻撃よりも、守備に徹さざるをえなくなるからな。それならば最初から何も持ってない奴が一番強いはずだって、そう考えたんだ」

「違うのか」

「違うな。まったく逆だよ。守るべきものを持ち、命がけでそれを守り、しかもそのプレッシャーに耐えることで人間は強くなれるんだ。最近はそう思うようになってきたよ。つまりおれは、刑事さんほど強い人間じゃないってことさ」

「そんなもんかな。強くない男が二人雁首《がんくび》を揃えて、牛久沼で河童《かつぱ》捕りか。情けない話だ」

「男なんて、多かれ少なかれみんな弱いものさ。強く見えるのは外見だけでね。おれは三三年間生きてきて、強い人間ていうやつには二人しか出会ったことがない。一人はおれの母親で、もう一人は前の女房だ。結局おれは一生かかったって、あの二人ほどには強くなれないような気がする」

「そういえばうちの女房も強いよ。おれよりは確実にな」

　どちらからともなく、笑い声が漏れた。阿久沢が、またビールを二本アイスボックスから取り出した。一本を有賀に手渡し、そして言った。

「どうして君は河童を捕まえるんだ。仕事だからか」

「まあ仕事といえばそうなのかもしれない。河童を捕まえる約束で、雑誌社から金をもらっちまったからな。しかし遊びといえば遊びなんだ。子供の頃から、こんなことが大好きだったんだよ。それに別れて暮らしている息子に、少しばかりいいところを見せてやりたいしね。あんたはどうなんだい」

「おれは、仕事だ。警察官として、人間を二人も喰っちまった奴を野放しにしておくわけにはいかないだろう。あとは、意地かな……」

「意地か。まあ、いろいろと理由《わけ》はありそうだな。お役所勤めっていうのも、大変なんだろう。どっちみちおれには向いてないし、理解できない世界だ」

「あたりまえだ。君みたいな男が刑事になったら、犯罪者がかわいそうだ」

「違いねえや……」

　有賀と阿久沢は、それからもいろいろなことを話し合った。仕事のこと。遊びのこと。

女のこと。少年時代の思い出。将来の夢。考えてみると、有賀にしても阿久沢にしても、男同士でこれほど夢中で話し合ったのは学生時代以来初めてのことだった。

一ダース用意した缶ビールがすべて空になる頃には、東の空が明るくなり始めていた。霞《かすみ》のかかった沼の風景が、夜明けの淡い光を受けて、少しずつ、パノラマのように浮かび上がってきた。五〇メートル先の葦の手前に、腐肉を固定した杭が昨夜と同じように立っている。水位がまた少し下がった以外は、寸分違《すんぶんたが》わぬ姿をしていた。

「河童は、こなかったな……」

有賀が言った。

「そうだな。しかしそれも人生さ」

阿久沢が答えた。

「人生？　少し大袈裟《おおげさ》だぜ」

「いや、人生なんだよ。今のおれにはな」

「そんなもんかね……」

太陽が昇った。いつの間にか源三が起き出してきて、自分の生活を五〇年間支え続けてきた沼の風景を見つめていた。

有賀と阿久沢は、源三の足元の草原の上で、夏の強い日差しを受けながら眠っていた。

2

夕方になるのを待って、有賀は餌を新しいものと取り替えた。

一昼夜《いっちゅうや》西谷田川に放置されていた腐肉は、流れに洗われたために多少軽くはなっていたが、ワニガメが喰いついた形跡はまったくなかった。水深は一メートル弱。西谷田川は、ほぼ平常どおりの水位に戻っていた。

阿久沢は源三の田船の上に櫓《やぐら》を組み、そこにフォグランプを取り付ける作業に没頭していた。阿久沢の車から外したバッテリーを取り付けただけの、簡単な仕組みである。それでも水面下に潜む動物を見分けるには多少役には立ってくれるだろう。

フォグランプ本体は元々防水だ。念のために、バッテリーの電極もエポキシ系の塗料で塗り固め、簡単な防水処理を施《ほどこ》した。

太一はロッドのラインの先に三〇グラムのウエイトを取り付け、それでビールの空缶を倒す単純な遊びを繰り返していた。注射器に一・五ccのキシラジンを入れ、ポンプに仕込まれた鉛《なまり》の錘《おもり》を含めると、ちょうどそのくらいの重さになる。太一に関してはまったく不安はなかった。一〇〇回ロッドを振れば、すべて命中する。そのテクニックの確かさは、本場アメリカのバスプロにも匹敵《ひってき》するだろう。

源三は、静かに三人を見守っていた。彼には今のところ何もやることがない。もし餌を河童が喰えば、そこから自分の仕事が始まる。

たった一回だけだ。二度目は有り得ない。渾身《こんしん》の力を込め、自分の人生のすべてを賭《と》して投網を打つ。そして奴を確実に封じ込める。仕事はその一点に集約されている。今はその仕事をこなすために、少しでも体力を温存しておかなければならない。

ワニガメは夜行性だ。もし大雨のために上流に移動しているとすれば、今夜から明け方にかけてが最後のチャンスになる。

「爺さん、本当に奴はまだ上流にいるのかな」

有賀が源三に声を掛けた。

「いる。絶対にいる。そして今夜、川を下ってくる」

「どうしてわかるんだ」

「半時ばかり前に、大きな鯉《こい》の群れが目の前を下っていった。その前はブラックバスだ。もし奴が夜に行動するとすれば、今夜だ」

それを聞いていた阿久沢と太一が、不思議そうに顔を見合わせた。

「鯉の群れだって？　そんなもの見えなかったぜ」

「おまえらには見えんよ。わしはいつも心の目で魚を見ている」

「…………」

源三はそれ以上、何も言わなかった。腕を組み、目を閉じて、黙って座っていた。だがその態度で、源三が並々ならぬ確信を持っていることが有賀にはわかった。

闇が、静寂《せいじゃく》とした沼を押し包んでいた。昨夜と同じように、四人の男達は土手の上に座り、闇に目をこらしていた。沼には、源三と太一の二艘《そう》の田船が舫《もや》ってある。太一の船はいつでも出発できるようになっている。その一方、源三の田船には、有賀のランドクルーザーのウインチから伸びたワイヤーロープが固定してある。ウインチのワイヤーには、一〇メートルの補助ワイヤーが繋《つな》がれている。

準備は万端《ばんたん》整っていた。

阿久沢は今日が八月一一日であることを思った。長富副本部長に辞表を叩きつけてからちょうど一カ月が過ぎたことになる。

ついに間に合わなかった。あの辞表は、すでに受理されているかもしれない。阿久沢は、この二日間、警察にも自宅にも電話すら入れていなかった。

とにかく今晩中には答えが出る。明日、朝一番で署に顔を出し、長富に頭を下げてみようかとも考えた。だがそれができない性格であることを、阿久沢自身が一番良く知っていた。

プライドが高いから頭を下げられないのか。それとも頭を下げる勇気がないのか。自分は強いのか、弱いのか……。

自問自答を繰り返した。だがいくら心の中を探ってみても、結局本当の自分自身には出会えなかった。

時は無情《むじよう》に過ぎていった。重苦しさが、沼全体を支配していた。時に誰かが冗談めかしたことを口に出しても、一瞬雰囲気が和《なご》む程度で、会話はすぐに途絶《とだ》えてしまう。しかも源三は、まるで石像のように目を閉じたまま押し黙っていた。

時計が、一一時を回った。

今まで月を隠していた雲が引いて、辺りが急に明るくなった。

源三が静かに目を開いた。

「来たぞ。奴だ」

源三のその声とほとんど同時に、ジャックの耳が立った。腹から絞り出すような唸《うな》りが、闇に響いた。

「来たって、どこにだ。鈴の音は聞こえないぞ」

有賀が言った。

「いや、来ている。確かに奴はそこにいる」

源三が、ゆっくりと立ち上がった。それを見て、全員の神経が刃物のように研《と》ぎ澄《す》まされた。

しばらくの間があった。どの位の時間が経ったのか、誰にもわからなかった。ジャックだけが、低く唸り続けていた。

闇に、かすかな鈴の音が流れた。

対岸にある青白い光が、僅《わず》かに揺れた。

「来たぞ！」

全員が同時に叫んだ。

阿久沢が源三の田船に走った。その後に源三がゆっくりと続いた。

太一も手元にあったロッドと注射器の入った箱を摑《つか》むと、自分の田船に飛び乗った。

田船の上に立つと、源三が阿久沢に言った。

「いいか、刑事さん。エンジンは使わない。その突き棒で、ゆっくりと上流から回り込むんだ。慌てるなよ」

「わかってる。子供の頃には毎日やってたんだ。まかせてくれ」

阿久沢は杭《くい》に舫《もや》ってあるロープを解《と》き、上流に向けて田船を力いっぱい押し出した。

有賀は太一と共に、もう一艘の田船に乗った。

「いいか、太一。源三の逆に回れ。下流側だ」

「わかってる」

太一が突き棒を握り、笑顔で答えた。陸にはジャックだけが残った。

流れは強くなかった。だが久し振りの田船の感触に、阿久沢は少しばかり戸惑っていた。重いウインチのワイヤーを引きずっているせいもある。そのワイヤーが流れの抵抗を受け、思うように進んでくれない。

田船が対岸に着く前に、ワニガメが餌を喰い尽くして逃げてしまうのではないか。

心に焦りを感じていた。

だが源三は、田船の上に悠然と腰を降ろし、投網の準備に取り組んでいた。対岸で、今にも引き抜かれそうに揺さぶられる杭を見ようとすらしない。

鈴が鳴っている。

その音が、次第に高くなっている。

田船はいつの間にか川の中央を越えていた。

「もう少し上流に回れ。ここからは少し流れがきつくなるぞ」

源三が言った。

阿久沢は更に力を込めて、川の底を突いた。

有賀と太一の田船は、源三と阿久沢の五メートルほど後方に付いていた。川のほぼ中央を過ぎたところで、進路を左に向け、下流へと回り込む。餌を固定した杭の一〇メートル下流が、太一の設定したポイントだった。太一は途中から速度を上げて、目指すポイントへと急いだ。

「あまり近づくな。源三が網を被せたら、奴は水面に顔を出すはずだ。そうしたら、首を狙え。頭や甲羅には針は通らない。わかったか」

有賀が言った。

「大丈夫。わかってる」

太一に不安はなかった。恐怖も、焦りも感じなかった。

ここ数年間、父親を亡くして以来初めての確かな充実感だけが、心に満ち溢《みあふ》れている。自分の仕事、獲物の首に注射器を打ち込むという単純な作業に、万が一にも失敗することなどまったく考えていない。

獲物は必ず仕留《しと》める。代々受け継がれた川漁師としての血が、闘争心となって太一の自信を支えていた。そしてこの獲物を手にすれば、自分のこれからの人生が変わる。そんな予感があった。

目指す場所に着くと、太一は水の音を立てないように注意しながらアンカーを下ろした。ロッドを手にし、田船の中央に立つ。杭が狂ったように揺れているのが見える。

右手の中で、ABUの2500Cが、月光を受けて鈍《にぶ》く光っていた。親指でスプールを押さえ、左手でリリースボタンを押す。そのまま太一は大きく深呼吸し、源三の田船が到着するのを待った。

「源三さん。そろそろだぜ」

「わかっとる。あとはそのまま流れにまかせておけ」

源三は座ったままアンカーを持ち、それを打ち込むチャンスを窺《うかが》っていた。

あと五メートル……。三メートル……。

阿久沢が心の中で呟《つぶや》いた。

源三が、静かにアンカーを水の中に落とす。田船にゆっくりとブレーキが掛かり、杭の手前で止まった。

杭はまだ揺れていた。

奴は、そこにいる……。

源三が立ち上がった。投網の手綱を左手に巻き、網を肩に掛ける。

「よし。ランプを点《つ》けてくれ」

阿久沢が、フォグランプのスイッチを入れた。黄色い光が、濁った水面を鮮明に映し出した。

水の中に何かが見えた。

ゴツゴツとした巨大な甲羅。

動いている。

こいつは、怪物だ……。

阿久沢の背に、冷たいものが走った。

源三が足を踏ん張った。呼吸を整える。今はもう、腰の痛みのことも、不安も、すべてを忘れていた。若い頃と同じ、無心の闘争本能だけが源三の肉体を支配した。

腹に力を込めた。

その瞬間、水の中の獲物の動きが止まった。

「うぉ――――」

掛け声と共に、源三の体が弾けるように回転した。渾身《こんしん》の力で投げられた網は、闇に咲く白い大輪《たいりん》となって水面にゆっくりと落ちた。

「やったぁ——」

阿久沢が叫んだ。

「あとはまかせたぞ」

田船の中に倒れ込んだ源三が、阿久沢に手綱を差し出す。阿久沢はそれを、右手でしっかりと握り締めた。

阿久沢が手綱を受け取ると同時に、怪物がぐぐん、と力強く引いた。阿久沢が腰を落としてそれに耐える。だが怪物は、そのままアンカーで固定されている田船ごと、下流へと引きずり始めた。

田船の上で、有賀は拳《こぶし》を握った。太一を振り返った。

「やった……。太一、慎重にやれよ。いいか。首を狙え。首だぞ」

「わかってる……」

太一が無言でロッドを構え、大きく息を吐いた。

阿久沢は懸命にロープを引いた。ワニガメが、反転した。こちらに向かってくる。田船が突き上げられるように大きく揺れ、阿久沢が倒れた。船底をころがった。だが、ロープは離さない。

「源三さん、ワイヤーだ。ワイヤーを取ってくれ」

叫んだ。

「わかった」

源三が這《は》ったまま船尾に向かい、ウインチのワイヤーを手にした。そのフックを、投網のロープに固定した。

その時、水面が割れた。ワニガメの巨大な頭が飛び出し、フォグランプの黄色い光の中で口を開いた。船首の縁《へり》に喰いつく。メリメリと音を立てて木が裂《さ》け、田船が大きく傾いた。

「うわー」

阿久沢が恐怖に引きつった顔で叫んだ。ワニガメの頭が沈み、また浮かび上がる。船底が割れ、水が吹き上がった。

「源三さん、逃げろ。船が沈む。水に飛び込め」

「腰が抜けて、泳げねえよ」

ワニガメが田船を振り回す。船内に、大量に水が流れ込んだ。源三は船尾の縁にしがみついた。

阿久沢が、斜めになった船底を滑り落ちた。縁に足を踏んばり、こらえた。阿久沢と、〝怪物〟の目が合った。


「太一、今だ。やれ」

有賀が叫んだ。

太一は機会を狙っていた。ワニガメが水面から頭を出し、田船に喰らいついているらしいことはわかった。だが、首がどこかわからない。フォグランプの光が逆光になり、その上に投網が重なって見えにくい。

だが、今しかない――。

そう思った瞬間に、ロッドを持つ手が素早く動いた。ラインの先に結ばれた注射器が、闇を一直線に裂いて飛んだ。だが注射器は怪物に絡む網に弾かれ、水の中に落ちた。

「太一、失敗だ。もう一度だ」

有賀が言った。

「わかった……」

太一は急いでリールのラインを巻き取った。僅か一〇メートルのラインが、これほど長く感じられたのは初めてだった。注射器の針が折れていた。有賀が新しいものを手渡し、太一がそれをラインの先に結んだ。

阿久沢は一部始終を見ていた。だが、もう限界だ。握力《あくりょく》を失い、手が震えている。田船が、沈んでいく。

「早くしてくれー」

力の限り、叫んだ。


太一は呼吸を整えた。

「太一、もう一度やるんだ」

有賀が源三の船を見守りながら言った。

「わかってる。でも、光が目に入ってどこが首だかわからない……」

「昨日、源三が言っただろう。目で見るんじゃない。心の目で見るんだ」

だが、それでも太一は動かない。

「どうした、太一。早く投げろ」

太一は源三らの田船を見据《みす》えたまま、有賀を手で制した。

「見えた……」

呟くように言った瞬間、太一の右腕が動いた。ロッドが空を切ってうなり、白い注射器が闇に弧を描いて飛んだ。

投げた瞬間に、手応えがあった。今度は入った。そう感じた。注射器は太一の狙いどおり、怪物の首に吸い込まれるように突き刺さった。

怪物は、その痛みに驚いたのか狂ったように暴れだした。

沈みかかった田船に前肢《ぜんし》を掛け、のしかかる。首に、深々と注射器が刺さっている。阿久沢の足を狙い、口を開けたままその首を伸ばし、音をたてて歯を閉じた。だが阿久沢は、間一髪《かんいっぱつ》で足を引っ込めた。

ワニガメが暴れる。田船がさらに大きく傾いた。

「うわぁー」

二人が悲鳴《ひめい》を上げた。源三が握っていた縁から手を離し、船底を滑り落ちた。目の前にワニガメの頭がある。口を開いて、襲ってくる。足に投網のロープが絡まり、動けない。

源三は、必死で櫓《ろ》を摑み、それを怪物の頭に振り下ろした。怪物は荒れ狂った。古い田船は轟音《ごうおん》と共に裂け、転覆《てんぷく》した。

悲鳴が上がった。二人は、暗い水の中に投げ出された。

「まずい……」

言うが早いか、有賀はシャツを脱ぎ捨てて水に飛び込んだ。

阿久沢が浮かび上がり、辺りを見回した。そこに有賀が泳ぎついた。

「大丈夫か」

有賀が訊《き》いた。

「おれは平気だ。それより源三さんを探してくれ。足に網が絡まってるんだ」

「わかった」

有賀は息を大きく吸い込み、暗い水の中に潜った。濁りで、視界が悪い。だがフォグランプの黄色い光の中に、網を引きずりながら深場に逃げようとするワニガメが見えた。後方に、網に足を絡ませた源三が漂っている。有賀は腰からナイフを抜き、それを追った。

阿久沢が太一の田船に泳ぎついた。太一が手を差し出し、引き上げた。

「太一君、向こうだ。源三さんが危ない」

阿久沢がそう言って有賀が潜った辺りを指さした。太一はアンカーを引き上げ、櫓を手にして漕ぎだした。

ワニガメは網を外そうともがいていた。だが有賀に気づくと、体を反転させた。巨大な口が迫る。有賀はナイフを手に、その攻撃をかわした。足元をワニガメの歯がかすめ、ズボンの裾《すそ》が裂けた。

有賀は沈んでいた櫓を手にし、ワニガメに立ち向かった。大きく開かれた口に突き入れる。怪物は、いとも簡単にそれを嚙《か》み砕《くだ》いた。

その隙《すき》に、源三の足に絡まるロープをナイフで切り離した。

源三は気を失っていた。有賀は源三の体を抱え、川底を蹴って水面に逃れた。

「あ、あそこ……」

太一が指さす方向に、有賀と源三が浮かび上がった。阿久沢は、安堵《あんど》の息を吐いた。

太一の操る田船が、有賀と源三に向かう。有賀も源三の体を抱えたまま、田船を目指した。間もなく、有賀の手が船に届いた。阿久沢と太一が力を合わせ、意識のない源三を田船に引き上げた。

「だいぶ水を飲んでいるらしい。人工呼吸はできるか」

有賀が水の中から阿久沢に言った。

「大丈夫だ。おれは警察官だぜ」

「あとはまかせた」

有賀はそう言うと、対岸を目指して泳ぎ去った。

土手に泳ぎつくと、有賀はコンクリートの護岸を駆け上がった。ジャックが走り寄り、川に向かって吠えた。ウインチのワイヤーを摑むと、ワニガメの動きが伝わってくる。奴は、まだ網の中にいる——。

ウインチのクラッチをロックした。リモートコントロールのスイッチをONに入れる。ウォーンM8274の力強いモーター音が唸り、ワイヤーをそのドラムに巻き取りはじめた。網の強度が持つか、一か八かだ。怪物は少しずつ、だが確実に岸に向かって引き寄せられてくる。

浅場に近づくと、葦の中でワニガメが暴れ、水飛沫《みずしぶき》が上がった。だが、動きは鈍《にぶ》い。キシラジンが効いてきたのだろう。有賀はスイッチを操作してワイヤーを巻き取る速度を調整し、水の滴《したた》る額《ひたい》を拭った。

間もなくワニガメの巨大な体が、水中から姿を現した。陸に引き上げられたワニガメの周りを、ジャックが吠えながら走り回った。

3

「やはりワニガメだったな……」

源三の家の庭にある生簀《いけす》のひとつを覗き込みながら、有賀が言った。以前、横川庄左に売るためのブラックバスが入っていた五番目の生簀である。その巨大なワニガメは、真夏の陽光を浴びながら、澄んだ水の底に横たわっていた。

「それにしてもでかいな。甲羅は一メートルはあるし、これならば人間を喰っちまうのも当然だな」

阿久沢が言った。

「本当に河童みたいだね。顔も白いし、頭も皿みたいに黒くなってる。これじゃあ誰が見ても河童だと思うよ」

太一が目を輝かしている。

「さて、どうしたものかな。こいつの魚拓を取るのは、ちと難儀《なんぎ》だぞ。ひっひっひ……」

源三が言うと、全員が声を出して笑った。

「さて、刑事さん。この後、どうするんだ。やはり署に報告するのか」

「一応な。それがおれの仕事なんだ。しかしこいつはおれたち四人のものだ。絶対にわたさない。それだけは約束する」

「わかってるよ。気にするな。もしいざとなればまだ麻酔薬も残ってるし、なんとでもなるさ。いくら警察だって、こんなもの簡単には没収できないだろう」

「そりゃあそうだ」

有賀は阿久沢の目を見ていた。

阿久沢も、有賀の目を見ていた。

そのまましばらくの間、二人は無言の会話を楽しんでいた。

河童の件が終わったら、決着をつける。だがその約束も、今は二人の頭から消えていた。どちらからともなく右手を差し出し、二人は固い握手を交わした。

「それじゃあこれで。おれは署に行くよ」

「ああ……。また会おう」

歩き去る阿久沢の背が、なんとなく淋《さび》し気《げ》に見えた。

正式名称アリゲーター・スナッパー・タートル。和名ワニガメ。北米産。推定年齢五〇歳前後。性別雄《オス》。甲長一メートル六センチ。甲幅八三センチ。全長二メートル一〇センチ。推定体重一〇〇キロ以上。肉食性傾向が強く、この大きさであれば人間を襲う可能性は十分に考えられる。

以上がN大学農獣医《のうじゅうい》学部より派遣された、和泉洋平《いずみようへい》教授による見解であった。

その後の警察の調査により、ワニガメは野村、木元、両変死事件の犯人（?）として正式に認定され、マスコミに発表された。木元良介の生前の証言と、その外観が完全に一致すること。そして甲羅に残っていたクロスボウの矢の一部が、木元のものと確認されたことが決め手となった。

一〇月——。

牛久沼に、急速に秋の気配が押し寄せていた。青々と繁茂《はんも》していた葦は、日ごとにその先端を黄金色に色づかせ、豊穣《ほうじょう》の季節を謳歌《おうか》していた。春に渡ってきた燕《つばめ》は、すでに子育てを終えて、南国に帰るための最後の準備に追われていた。

沼は平和そのものだった。休日には、親子連れや釣り師たちがボートを浮かべ、賑《にぎ》わった。ブラックバスや、小鮒が釣れる度に歓声を上げる人々の心から、すでに河童の影は完全に消え去っていた。その平和な風景を、今もなお深く生い茂る木々の葉の間から、小川芋銭の河童の碑が静かに見守っていた。

稲倉太一は、九月の始業式からまた中学に通い始めた。

その後、一〇月になった現在までまだ一度も休んでいない。今や太一は、河童の大捕り物に加わった少年として同級生の間では英雄になっていた。

それに気を良くしたのか、春に高校を受けるために受験勉強を始めた。元来が頭の良い少年である。地元の農業高校ならばなんとかなりそうだと、担任の教師も太鼓判《たいこばん》を押してくれている。

吉岡源三は、正式に川漁師を引退した。

市内の商工会議所で開かれた引退式には、地元のテレビ局も取材に来て、また源三のビデオコレクションが一本増えることになった。だが源三は、その後にまた新しい田船を造り、運動不足にならないためといっては沼に出て魚を獲ってくる。そしてそれをアルバイトと称して料理屋に売っている。結局源三の生活は、以前とまったく変わっていない。

阿久沢健三はその後も警察に残った。

ただし辞表の期限に遅れたことで、以後の処遇は長富に一任されることになった。結果として阿久沢は、つくば中央署から水戸の県警本部刑事部捜査一課、長富捜査一課長の直属の部下として配属される旨《むね》、辞令を受けた。本人はこれでまた自由がなくなったとぼやいているが、だが考えてみればこれは栄転に他ならない。

有賀雄二郎はアウトフィールド誌の原稿を仕上げた後、しばらくは河童に関する仕事に追われていた。

だが源三の引退記念パーティーに出席した次の日、ワニガメと共に忽然と姿を消した。

その後も新聞社や雑誌社が有賀の行方《ゆくえ》を追っていたが、消息は杳《よう》として知れなかった。

KAPPA

一〇月のエバーグレイズは、まだ真夏だった。

フロリダ半島の突端《とったん》に位置するこの大湿地帯は、年間を通して水温が二〇度を割ることはない。セントジョーンズ川から流れ出す豊かな水と、大西洋《たいせいよう》の海水が混じり合う汽水《きすい》の中には、シートラウト、フロリダバス、マングローブナッパー等が悠然と泳ぎ回り、全米から集まる釣り人を待ちかまえている。彼らは河口《かこう》にあるポート・オブ・アイランドに集結し、一生の思い出となるようなビッグゲームと出合うために、地元のガイドとバスボートを雇い入れる。

ポート・オブ・アイランドから一〇〇マイルほど上流に、国道から水辺に至る細い道がある。森を一直線に抜けるその荒れた道を、多少くたびれたK10ピックアップがばらついたV8エンジンのノイズを轟《とどろ》かせながら疾走《しっそう》していた。後方に、赤い砂塵《さじん》が雲のように巻き上がっている。

ピックアップは水辺に達すると、マングローブを切り開いた小さな空地で無造作にUターンし、荷台をまるで海のように広い川に向けて止まった。荷台には、作業用のクレーンが付いていた。

砂塵が収まるのを待って、運転席のドアが開いた。ドアからストローハットを頭に載せた白人の大男が、重そうな腹を揺すりながら降りてきた。男の名はロバート・マッカラム。フロリダ州の最大の都市、ジャクソンビルの郊外で、小さなガレージを経営している男だった。

続いて助手席のドアが開き、そこからロバートよりは幾分《いくぶん》小柄な東洋人の男が降り立った。その後に、茶色の犬が続く。有賀雄二郎とジャックだった。

二人は水辺に立ち、しばらくマングローブに囲まれた雄大《ゆうだい》な川を眺めていた。

「ここならどうだ。餌になる魚は豊富だし、釣り人も滅多《めった》にこない。仲間も多いから、ガールフレンドだってすぐに見つけるだろう」

「そうだな。よし、ここにしよう」

そう言うと有賀はピックアップの荷台のゲートを開き、その上に飛び乗った。荷台には大きな木箱がひとつ、置いてある。有賀はクレーンのフックを摑《つか》むと、木箱に巻いてあるロープに掛けた。それを見届けてから、ロバートが運転席に乗り込んだ。

「よし、ロバート。慎重にやってくれ」

「OK、ユージロー」

クレーンが動き出すと、木箱はゆっくりと宙に浮いた。そのまま首を横に振り、木箱を荷台の脇に出す。

有賀が荷台から飛び降り、木箱に手を添えて向きを調節する。クレーンのワイヤーを巻いてあるドラムが逆転を始める。木箱は静かに、風に舞った羽毛が落ちるほどのショックも残さずに大地に降ろされた。

「OKだ。ロバート、ピックアップを少し前に出してくれ」

ピックアップは一〇メートルほど前進し、そこで止まった。

有賀がポケットからバックのフォールディング・ナイフを取り出し、それで木箱のロープを切った。ロバートがバールで蓋《ふた》をこじ開ける。その中に、ワイヤーで四肢《しし》を縛られた巨大なワニガメが眠っていた。

「ずいぶん大きなスナッパーだな。シチューにしたら一〇〇人分はとれるぜ」

「それよりロバート。あんたが足を喰い千切られないように注意しろよ」

「おい、よしてくれ。片足になったら女房に逃げられちまうよ。ところでユージロー。このカッパっていうのはなんだ」

ロバートがワニガメの背を指さした。そこには白いペンキで、〝KAPPA〟と書かれていた。

「こいつのニックネームさ。日本の、仲間内のな。しかしあと一〇年後には、日本中でそう呼ばれるようになっているかもしれない」

「ほう……。どういう意味なのか、よくわからないが……」

有賀はバールを使って、箱の枠を取り去った。ワイヤーを切り、それを素早く引き抜く。だがKAPPAは、細く目を開いただけで動こうとはしなかった。

ロバートはすでにピックアップの荷台の上に避難していた。有賀もジャックを連れて、その横に乗った。

「なんだか元気がないな」

有賀が言った。

「だいじょうぶさ。馴《な》れない空の旅で、疲れてるんだろう。水の中に入ってきれいな娘でも見つければ、すぐに元気になるさ」

「そうだな……」

太陽が西に傾き始めていた。その太陽を背に受けて、有賀とロバートはKAPPAを見守っていた。

岸のすぐ近くで、大きなフロリダバスがライズした。

その時、突然ＫＡＰＰＡが白く大きな頭を持ち上げた。そして辺りの様子を窺《うかが》うように、ゆっくりと首を左右に動かした。

折り畳んでいた四肢を大地に伸ばし、力が漲《みなぎ》った。その巨大な体が僅かに宙に浮き、前に倒れ込むようにして一歩前進した。

「なんだい。腹が減ってただけじゃないのか。奴はさっきライズしたブロンズバックを狙ってるぜ」

「そうかもしれないな。もう二カ月近くも奴は何も喰っていないんだ」

また前進した。そこで辺りを見回し、もう一歩前進した。

水辺に続く緩やかなスロープを、ＫＡＰＰＡは休み休み下っていった。その速度はひどく遅く、見ている者にはもどかしくさえあった。だが確実に、水に向かっていた。

よし、いいぞ。その調子だ。もう少しだぞ……。

有賀は右手を握り締め、心の中で叫んだ。

頭が水に達した。ＫＡＰＰＡはしばらくそこに立ち止まり、首を水の中に伸ばした。

そしてまた一歩。

前肢が水に入った。

そしてまた一歩。

後肢が水の中に入った。

ゴツゴツとした岩のような背が、水に浮いているように見えた。その背が、少しずつ小さくなっていった。

やがて、すべてが水の中に消えた。

（本作品はフィクションであり、実在の個人・団体などとは一切関係がありません）

（この作品は平成二十一年二月、徳間書店より刊行された文庫
版『ＫＡＰＰＡ』を著者が加筆・修正したものです）

KAPPA

一〇〇字書評

切り取り線

購買動機（新聞、雑誌名を記入するか、あるいは○をつけてください）	
□（　　　　　　　　　　）の広告を見て	
□（　　　　　　　　　　）の書評を見て	
□ 知人のすすめで	□ タイトルに惹かれて
□ カバーが良かったから	□ 内容が面白そうだから
□ 好きな作家だから	□ 好きな分野の本だから

・最近、最も感銘を受けた作品名をお書き下さい

・あなたのお好きな作家名をお書き下さい

・その他、ご要望がありましたらお書き下さい

住所	〒				
氏名		職業		年齢	
Eメール	※携帯には配信できません		新刊情報等のメール配信を 希望する・しない		

この本の感想を、編集部までお寄せいただけたらありがたく存じます。今後の企画の参考にさせていただきます。Eメールでも結構です。

いただいた「一〇〇字書評」は、新聞・雑誌等に紹介させていただくことがあります。その場合はお礼として特製図書カードを差し上げます。

前ページの原稿用紙に書評をお書きの上、切り取り、左記までお送り下さい。宛先の住所は不要です。

なお、ご記入いただいたお名前、ご住所等は、書評紹介の事前了解、謝礼のお届けのためだけに利用し、そのほかの目的のために利用することはありません。

〒一〇一－八七〇一
祥伝社文庫編集長　坂口芳和
電話　〇三（三二六五）二〇八〇

祥伝社ホームページの「ブックレビュー」からも、書き込めます。
www.shodensha.co.jp/bookreview

祥伝社文庫

KAPPA《カッパ》

令和 元 年 9 月 20 日　初版第 1 刷発行

著　者　柴田哲孝《しばたてつたか》
発行者　辻　浩明
発行所　祥伝社《しょうでんしゃ》
東京都千代田区神田神保町 3-3
〒 101-8701
電話　03（3265）2081（販売部）
電話　03（3265）2080（編集部）
電話　03（3265）3622（業務部）
www.shodensha.co.jp

印刷所　萩原印刷
製本所　ナショナル製本
カバーフォーマットデザイン　芥　陽子

Printed in Japan ©2019, Tetsutaka Shibata　ISBN978-4-396-34560-0 C0193

〈祥伝社文庫　今月の新刊〉